I0635057

WAT-TYLER,

OU

DIX JOURS DE RÉVOLTE,

ROMAN HISTORIQUE,

PAR A. J. B. DEFAUCONPRET,

AUTEUR DE MASANIELLO, JEANNE MAILLOTTE, ETC.

TRADUCTEUR DE TOUS LES ROMANS HISTORIQUES DE SIR WALTER
SCOTT, DES ŒUVRES DE M. COOPER, AMÉRICAIN, ETC.

*Nihil tam firmum est, cui periculum
non sit etiam ab invalido.*

QUINT.-CURT.

TOME PREMIER.

PARIS,

LIBRAIRIE DE CHARLES GOSSELIN,

SEUL ÉDITEUR DES ŒUVRES COMPLÈTES DE SIR WALTER SCOTT,
RUE DE SEINE, N° 12.

LIBRAIRIE DE LECOINTE ET DUREY,

Éditeurs des OEuvres complètes de madame de Genlis,

QUAI DES AUGUSTINS, N° 49.

M DCCC XXV.

WAT-TYLER.

3770

Sous presse :

ROBIN-HOOD, ou Le Proscrit, par le même auteur.

PARIS, IMPRIMERIE DE COSSON, RUE GARANCIÈRE.

WAT-TYLER,

OU

DIX JOURS DE RÉVOLTE,

ROMAN HISTORIQUE,

Par A. J. B. DEFAUCONPRET,

AUTEUR DE MASANIELLO, JEANNE MAILLOTTE, ETC.

TRADUCTEUR DE TOUS LES ROMANS HISTORIQUES
DE SIR WALTER SCOTT, ETC. ETC.

Nihil tam firmum est, cui periculum
Non sit etiam ab invalido.

QUINT-CURT.

TOME PREMIER.

PARIS,

LIBRAIRIE DE CHARLES GOSSELIN,
SEUL ÉDITEUR DES ŒUVRES COMPLÈTES DE SIR WALTER SCOTT,
RUE DE SEINE, N° 12.
LIBRAIRIE DE LECOINTE ET DUREY,
QUAI DES AUGUSTINS, N° 49.

MDCCCXXV.

WAT-TYLER,

OU

DIX JOURS DE RÉVOLTE.

CHAPITRE PREMIER.

« Seigneur, tout est perdu, les rebelles, Pharnace,
Les Romains sont en foule autour de cette place. »

RACINE.

Des réjouissances publiques avoient
lieu dans toute l'Angleterre pour célébrer le mariage de Richard II avec la

1.   I

princesse Anne fille de feu l'empereur
Charles IV et sœur de l'empereur
alors régnant, Venceslas, roi de Hon-
grie.

Richard n'étoit pourtant encore que
dans sa seizième année, il avoit suc-
cédé à son aïeul, Edouard III, à l'âge
de onze ans, et depuis ce temps ses
trois oncles les ducs de Lancastre,
d'York, et de Glocester régnoient sous
sonn om. Toutefois ils n'avoient aucun
titre apparent à l'autorité ; aucun
d'eux n'étoit régent du royaume ; il
n'en existoit pas : les pairs s'étoient
bornés à nommer un conseil d'administration composé de neuf membres
chargés de la direction de toutes les
affaires publiques, mais qui n'agis-
soient en rien que par les ordres et
suivant les désirs des trois oncles du roi.

Le duc de Lancastre, l'aîné des trois frères, étoit par conséquent celui qui auroit eu le plus de droit à la régence; mais il n'étoit aimé ni du peuple, ni des grands. On le savoit dévoré d'ambition, on n'ignoroit pas que, pour la satisfaire, un crime ne l'arrêteroit pas, s'il étoit sûr de le commettre avec impunité; mais on savoit aussi qu'il avoit un caractère timide et peu entreprenant et il est probable qu'on ne voulut point l'armer d'un pouvoir qui l'auroit exposé à des tentations auxquelles il auroit d'autant moins résisté, que son fils, le duc d'Hereford, alors âgé de vingt ans, encore plus ambitieux que son père, et ayant plus d'audace et de témérité, n'auroit pas manqué de vouloir faire, dès-lors, ce qu'il exécuta quelques années plus tard en usurpant la cou-

ronne, et en faisant périr par la faim,
dans le château de Pomfret, celui qui
en étoit le possesseur légitime.

Puisqu'on ne vouloit pas accorder
la régence au duc de Lancastre, on
ne pouvoit pas songer à en investir un
de ses deux frères cadets, c'eût été
lui faire une insulte que sa fierté blessée
n'eût jamais pardonnée, et qui auroit
pu occasioner des troubles dans le
royaume, et ce furent sans doute
toutes ces raisons qui déterminèrent
les pairs à nommer un conseil d'administration pour les affaires publiques,
et à ne laisser à ses trois oncles que le
soin de la personne du roi, et la no-
mination des officiers de sa maison.
Ses deux frères d'ailleurs n'avoient aucune de ces grandes qualités qui
auroient pu justifier la préférence
qu'on leur auroit donnée. Le duc

d'York, indolent, paresseux, ne son-
geoit qu'à ses plaisirs; et le duc de
Glocester, quoique aussi ambitieux
que l'aîné de ses frères, quoique
plus hardi et moins vacillant dans ses
résolutions, sembloit concentrer toute
son énergie dans le désir d'amasser
des richesses.

C'étoit là le lien secret qui unissoit
les trois frères : étant jaloux l'un de
l'autre, celui des trois qui auroit osé
afficher des prétentions à la supériorité
auroit été sûr de trouver des ennemis
déclarés dans ses deux autres frères,
et ils se servoient ainsi de contre-poids.
Mais ils étoient d'accord sur un point
qui leur sembloit à tous bien impor-
tant; ils ne songeoient qu'à vider le tré-
sor public pour remplir leurs coffres;
le duc de Lancastre dans la vue de se

procurer les moyens d'exécuter un jour ses secrets desseins, le duc d'York pour pouvoir se livrer à son amour désordonné pour le luxe et les plaisirs, et le duc de Glocester par avarice.

Il en résultoit que le parlement étoit fréquemment convoqué, et c'étoit toujours pour mettre de nouveaux impôts sur le peuple. Au commencement de 1380, on avoit mis un droit additionnel sur les laines et les cuirs, et à la fin de la même année, on avoit accordé six sous par livres sterling sur l'importation et l'exportation des marchandises, et assujéti à une capitation de trois groats (1) toute personne âgée de quinze ans et au-dessus. Cet impôt, dont les mendians seuls

(1) Petite monnoie en usage à cette époque.

étoient exempts, étoit celui qui cau-
soit le plus de murmures parmi le
peuple. Comme on étoit alors en guerre
avec l'Ecosse et avec la France, c'é-
toit un motif toujours renaissant pour
demander au parlement de nouvelles
sommes. Cependant la guerre avec la
France ne se poursuivoit pas avec vigueur; et depuis la mort d'Edouard III,
on se bornoit à de foibles entreprises,
comme s'il se fût uniquement agi de
prouver qu'on n'étoit pas en paix.

Le duc d'York fut le seul des oncles
du roi qui assistât à la célébration
de son mariage, mais il ne resta pas
aux fêtes qui le suivirent. La cour
n'étoit pas son séjour favori. Dans les
vastes domaines qu'il possédoit dans le
comté dont il portoit le nom, il jouissoit en quelque sorte des droits de la

souveraineté; il pouvoit s'y livrer sans contrainte à son goût pour les plaisirs; il y éclipsoit par sa magnificence tous les seigneurs des environs, même les puissans comtes de Cumberland et de Northumberland; il se hâta donc d'y retourner dès le lendemain du mariage, et ne prit aucune part aux fêtes publiques qui se donnèrent à la cour.

Le duc de Glocester étoit alors en Ecosse; il étoit sur le point de conclure une paix ou du moins une trève avec ce royaume, et il ne pouvoit abandonner cette importante négociation. Quant au duc de Lancastre, son intérêt personnel le retenoit en Portugal. Il avoit épousé dix ans auparavant la princesse Constance, fille aînée de feu Don Pedro roi de Castille; immédiatement après son mariage, il

avoit pris le titre de roi de ce pays,
quoique Henry de Transtamare fût en
possession de la couronne; et la guerre
ayant été déclarée entre la Castille et le
Portugal, il étoit allé joindre les éten-
dards des Portugais, dans l'espoir de
trouver l'occasion de faire valoir ses
prétentions sur la partie de l'Espagne
qu'il revendiquoit du chef de son
épouse.

Quoi qu'il en soit, l'absence des
trois oncles n'empêcha pas la cour, les
villes et les campagnes de célébrer par
des réjouissances publiques le mariage
du neveu. Le jeune roi étoit aimé du
peuple. On étoit généralement mé-
content du gouvernement, on se plai-
gnoit d'être écrasé d'impôts, on désiroit
voir la fin de la guerre contre la France
qui en étoit le prétexte; on murmuroit

de toutes parts, mais ce n'étoit pas contre
le roi, c'étoit contre ses oncles, contre
le Conseil d'Administration, contre
l'archevêque de Cantorbéry, qui, en
l'absence des trois oncles, en étoit
l'âme, quoiqu'il n'en fît point partie.
On chérissoit en Richard II, le fils de
ce célèbre Prince Noir, qui s'étoit couvert de gloire dans les guerres contre
la France et l'Espagne, dont les talens
militaires faisoient le moindre mérite,
qui par sa générosité, sa modération,
sa bonté, s'étoit fait idolâtrer de toute
l'Angleterre, et à qui l'on n'avoit pas
eu une seule faute à reprocher, pendant les quarante-six ans qu'il avoit
vécu. Le mariage du roi répandoit donc
une allégresse générale, parce qu'on
espéroit voir se perpétuer la race de ce
héros, espérance qui ne fut pourtant
pas réalisée.

Chaque ville, chaque village, chaque hameau, célébra par une fête cet événement. Des danses dans les campagnes, des représentations de mystères et d'autres divertissemens dans les villes, remplirent toute la semaine dans laquelle les nœuds de cet hymen furent serrés. Nous abuserions de la patience de nos lecteurs si nous entrions dans de longs détails à ce sujet, nous nous bornerons à dire, pour faire connoître l'esprit de ce siècle, qu'on représenta à Londres le mystère de la création du monde, dans lequel Adam et Eve parurent dans l'état de nature sans en rougir eux-mêmes, et sans que personne en fût scandalisé, et qu'on vît un cheval danser sur la corde et un bœuf monter à cheval. Nous ne parlerons même que d'une seule des fêtes qui eurent lieu à la cour.

L'esprit de chevalerie, ranimé par
les croisades, n'étoit pas encore alors
éteint en Europe, et Richard II résolut
de célébrer son mariage par un
tournoi. Il fit donc annoncer dans la
plupart des cours de l'Europe que le
6 juin 1381 et les deux jours suivans
il y auroit à Smith-field, grande prairie
voisine de Londres, mais qui ne faisoit
pas encore partie de cette ville, un
grand tournoi dans lequel soixante
chevaliers anglais maintiendroient la
beauté de leurs dames contre pareil
nombre de chevaliers étrangers, et
qu'un prix de vaillance seroit remis par
la reine elle-même à celui des chevaliers
qui, dans chaque parti, seroit déclaré
par les juges du tournoi l'avoir mérité.
Cette annonce fit accourir à Londres
une foule d'étrangers, amenés, les uns
par le désir de se distinguer dans cette

lutte, les autres uniquement pour en
être spectateurs. Le jour de l'ouver-
ture du tournoi fut aussi celui qui fut
fixé dans toutes les communes pour
célébrer par une fête particulière le
mariage du souverain.

La description de ce tournoi nous
conduiroit trop loin de notre sujet, et
n'apprendroit probablement rien de
nouveau à nos lecteurs, nous nous con-
tenterons donc de leur dire qu'il y
régna la plus grande magnificence. La
reine, au centre d'une grande gale-
rie, ayant à sa droite soixante jeunes
dames anglaises, que les tenans avoient
choisies comme dames de leurs pensées, et à sa gauche soixante belles
étrangères amenées par les assaillans,
sembloit la reine des fleurs entourée
de toute sa cour. Le 8 à trois heures

après midi, les hérauts d'armes pro-
clamèrent la clôture du tournoi, et le
prix de la vaillance fut décerné parmi
les chevaliers anglais au comte d'Hun-
tington, qui reçut de la reine une
ceinture de velours blanc brodée en
or, enrichie de pierres précieuses, et
parmi les étrangers au comte de Saint-
Paul, chevalier français, à qui elle
présenta une couronne d'or.

Le roi, la reine, toute leur cour,
les cent vingt chevaliers et les cent
vingt dames se rendirent ensuite à
Westminster-Hall, où un souper splen-
dide leur fut servi à six heures du soir,
car à cette époque on dînoit à dix heures du matin, et l'on soupoit à cinq.
L'histoire, qui s'occupe quelquefois de
détails un peu minutieux, nous a con-
servé le menu de ce festin, où trois

cents mets différens furent placés sur la table. Malheureusement il en existe beaucoup dont nos Apicius modernes ne pourront jamais connoître que le nom. Qui sait aujourd'hui, même en Angleterre, ce que c'étoit que le *dellegrout*, le *maupyrnun*, le *karumpie*?

On venoit de servir les vins épicés et de mettre sur la table des gâteaux nommés *simnel* et *wastel*, quand une altercation, qui avoit lieu à la porte et qui paroissoit assez vive, attira l'attention générale, et fit régner le silence dans la salle.

— Je vous dis que vous ne pouvez entrer, disoit un des huissiers de service à la porte.

— Et moi je vous dis qu'il faut que

j'entre, et j'entrerai mort ou vif, s'é-
cria une voix glapissante, mais très-
forte; il faut que je parle au roi, que
je lui parle sur-le-champ : il y va du
salut de l'état.

Le roi donna ordre qu'on fît entrer cet individu, et l'on vit s'avancer
un petit homme gros et rond comme
un tonneau, vêtu d'un habit noir
montrant la corde, et portant des
bottes et des éperons. Il passa entre les
tables qui étoient rangées des deux
côtés de la salle, et s'approcha de celle
qui étoit au fond, et à laquelle le roi,
la reine et les principaux seigneurs de
sa cour étoient assis; mais, quand il y
fut arrivé, le courage et la parole lui
manquèrent en même temps, et il
baissa la tête d'un air confus et interdit.

— Remettez-vous, lui dit Richard avec bonté, parlez, je suis prêt à vous entendre.

— Sire, dit-il en s'essuyant le front, pardon, Sire, ma hardiesse est... seroit... mais, Sire, j'arrive de Maidstone...

— Et que nous importe d'où tu viens, bon homme ? lui dit le duc d'Hereford ; ce qu'il s'agit de savoir, c'est pourquoi tu viens ici.

Nous avons déjà dit que le duc d'Hereford étoit fils du duc de Lancastre, et par conséquent cousin germain du roi; et comme, en l'absence de son père et de ses oncles, il étoit le premier prince du sang royal, il étoit assis à la gauche du roi, dont la reine occupoit la droite. Quoiqu'il n'eût que

1*

vingt-deux ans, il étoit déjà marié,
mais il n'en étoit pas moins ce qu'on
auroit appelé à la cour de Louis XV
un roué. Il se livroit à toutes ses passions sans aucune contrainte, et tous
les moyens lui convenoient quand il
s'agissoit de les satisfaire. Du reste, il
étoit grand, bien fait, et n'avoit rien
dans son extérieur qui ne fût agréable
et flatteur. C'étoit lui qui donnoit le
ton à tous les jeunes seigneurs qui se
piquoient de suivre les modes; et,
comme nos lecteurs peuvent être curieux de savoir comment étoient vêtus
les petits-maîtres de la cour de Richard II, nous allons donner la description de son costume.

Ses souliers se terminoient par une
pointe relevée en l'air en forme de
corne de bélier à la hauteur d'un pied

et demi, et du bout de laquelle par-
toit une chaîne d'or légère et artiste-
ment travaillée qui s'attachoit au genou..Une de ses jambes étoit couverte
d'un bas blanc et l'autre d'un bas
bleu. Ses culottes en satin blanc ne lui
descendoient qu'à mi-cuisses, et étoient
serrées et taillées de manière à dessiner
exactement toutes les formes; un justau-
corps de même étoffe étoit recouvert d'un habit de soie, dont un côté
étoit blanc et l'autre bleu. Il avoit en
outre une espèce de grand manteau en
soie, dont il pouvoit s'envelopper tout
le corps, et qu'on nommoit une coin-
toise. Sa chemise étoit de toile fine, ce
qui étoit encore à cette époque un objet de luxe. Derrière sa tête étoit un
capuchon de soie, couvert d'une bro-
derie représentant des figures grotes-
ques d'animaux qui n'avoient d'exis-

tence que dans l'imagination; ce capuchon se terminoit par une bande qui
s'attachoit sur le devant du cou par le
moyen d'une agrafe ornée de pierres
précieuses. Il portoit sa barbe, qui, de
même que ses cheveux et ses sourcils,
étoit du plus beau noir, et qui commençoit déjà à être bien fournie. Un
tel costume paroîtroit bien ridicule aujourd'hui; c'étoit pourtant le suprême
bon ton à la cour de Richard II, et
qui pourroit assurer que, dans les ré-
volutions successives des folies humaines, il ne redeviendra pas encore à la
mode à la cour de George X ou de
Louis XXIV?

— Pourquoi je suis ici? répondit
le nouveau-venu? c'est pour vous dire
que l'Angleterre est perdue si l'on n'y
prend garde.

— Je connois cet homme, dit le comte d'Ashford, c'est John Caddy, avocat à Maidstone, et mon bailli.

— Oui, M. le comte, et si vous me voyez ici, c'est grâce à ma prudence, grâce aux bonnes jambes de mon cheval, et grâce au zèle de la chaste Suzanne, vierge de trente-cinq ans, qui me sert fidèlement depuis vingt.

— Et bien, Caddy, dit le duc d'Hereford, qu'est-ce que ta prudence, la chasteté de ta Suzanne, et les bonnes jambes de ton cheval ont de commun avec la sûreté de l'état?

— C'est qu'il falloit la réunion de ces trois circonstances, monsieur le duc, pour que je pusse venir avertir sa majesté du péril imminent dans lequel l'état se trouve en ce moment. Le zèle de ma chaste Suzanne m'a indiqué le danger; ma prudence me l'a fait éviter, et mon cheval m'a conduit de Maidstone ici en moins de six heures pour vous en prévenir.

— Sire, plairoit-il à votre majesté d'ordonner qu'on fasse entrer le cheval de l'avocat Caddy? Peut-être s'expliquera-t-il plus clairement que son maître, qui, suivant la coutume de ses confrères, parle beaucoup sans rien dire.

— Comment pourrois-je parler avec clarté, méthode et précision, trois qualités essentielles à un avocat, et que je me flatte de posséder, monsieur le duc, quand votre grâce m'interrompt à chaque phrase? Cicéron lui-même...

— Laisse là ton Cicéron, qui est sans doute quelque bavard comme toi, et tâche d'en venir au fait, si cela est possible.

— Puisque sa grâce me le permet, Sire, je vous dirai donc qu'aujourd'hui à trois heures moins un quart, Suzanne vint me trouver tout effrayée, et c'est une fille qui ne s'effraie pas aisément, une Judith, une Jahel, une Débora. Elle m'apprit qu'une foule immense, quatre à cinq cents hommes, Sire, toute canaille, monsieur le duc, arrivoient à Maidstone, en poussant des cris de rage, et en disant qu'il falloit massacrer tous les juges et tous les avocats du royaume. Je n'ai pris que le temps de faire seller mon cheval, Sire, pour venir rendre compte à votre majesté du projet de ces scélérats. On ne sauroit apporter trop de vigueur et de promptitude pour étouffer cette révolte dès sa naissance, car que deviendroit l'Angleterre sans juges et sans avocats?

— Ne crains rien, Caddy, dit le duc d'Hereford, s'ils étoient tous pendus aujourd'hui, on en retrouveroit demain pareil nombre. C'est une engeance indestructible. Mais qu'a fait cette armée à Maidstone?

— Je ne puis vous le dire, monsieur le duc, car j'en sortois par une porte tandis qu'ils y entroient par une autre.

— Fort bien, Caddy, on reconnoît à ce trait la bravoure d'un homme de robe.

— Je crois, mon cousin, dit Richard, que vous traitez un peu trop légèrement le rapport qui vient de nous être fait. Cette affaire me paroît mériter attention.

— Ce n'est rien, absolument rien, dit l'archevêque de Cantorbéry ; le conseil d'administration a appris hier matin qu'un receveur des impôts a été tué à Deptfort ; que quelques vilains se sont répandus dans diverses parties des comtés de Kent et de Surrey, en cherchant à exciter un soulèvement, et c'est sans doute une de ces bandes, qui a jeté la terreur dans l'esprit du digne avocat. Mais le conseil a pris les mesures convenables, et probablement tout est déjà rentré dans l'ordre.

— Et par conséquent, dit le duc d'Hereford, rien n'empêche que nous

ne passions dans la salle où doit avoir
lieu le bal préparé pour ces nobles
étrangers et ces aimables dames.

Aucune objection ne fut faite contre
cette proposition ; la cour ne songea
plus qu'à se divertir. L'avocat Caddy
se retira dans une auberge de Southwark , bourg qui, à cette époque, ne
formoit pas encore un grand faubourg
de Londres, fort surpris qu'on n'at-
tachât pas plus d'importance à une
conspiration tramée contre les juges et
les avocats ; et bénissant sa prudence ,
sa chaste Suzanne, et son bon cheval ,
qui l'avoient tiré de danger.

CHAPITRE II.

LE 6 juin 1381, dans l'après-midi,
un Mai décoré de rubans et de guir-
landes de fleurs avoit été élevé sur
la place publique du village de Deptfort; et toute la jeunesse des deux
sexes, se livrant à des danses joyeuses,

au son des instrumens, témoignoit ainsi
la part qu'elle prenoit à l'allégresse que
répandoit dans toute l'Angleterre le
mariage de son jeune souverain. Toute
la population du village y étoit rassem-
blée, et les pères et les mères, assis sur
des bancs, qui formoient une enceinte
autour des danseurs, jouissoient des
plaisirs de leurs enfans, et se rappe-
loient ceux de leur jeunesse.

Une seule famille ne prenoit aucune
part à la joie générale. C'étoit celle de
Walter, fabriquant de tuiles, plus
généralement connu sous le nom de
Wat-Tyler (1). C'étoit un homme
d'environ quarante-cinq ans, d'une
taille athlétique, d'une constitution

---

(1) *Wat* est une abréviation de *Walter*,
et *Tyler* signifie *Tuilier*.

robuste, bon père et bon mari, quoiqu'il eût en général l'humeur sombre
et même farouche. Il avoit été soldat
dans sa premiè re jeunesse; mais, ayant
épousé la fille d'un tuilier, il avoit renoncé au métier des armes, pour suivre
la profession de son beau-père, et, après
la mort de celui-ci, il avoit.continué le
même état. Il n'avoit jamais eu que
deux enfans. Son fils, ouvrier couvreur,
âgé de dix-huit ans, étoit malheureusement tombé du haut du toit de l'é-
glise de Deptfort trois jours auparavant, et s'étoit tué sur la place. Son
corps étoit dans le cercueil, et devoir
être enterré le lendemain matin. Sa
femme, dangereusement malade depuis plusieurs mois, apprit un tel mal-
heur avec une émotion terrible, que
l'apothicaire du village avoit déclaré
qu'elle ne passeroit pas la semaine. Sa

fille Alix, âgée de près de quinze ans,
passoit les jours et les nuits près de sa
mère, qui ne pouvoit plus quitter le lit.
Elle étoit très-grande et très-formée
pour son âge ; et ceux qui n'auroient
pas connu sa famille, eussent été fort
embarrassés pour décider lequel étoit
l'aîné des deux enfans du tuilier. Un
jeune ouvrier charpentier, nommé
Piers, habitant un village voisin, lui
faisoit déjà une cour assidue, et il étoit
convenu qu'il l'épouseroit l'année suivante; aussi passoit-il chez Wat-Tyler
tout le temps qu'il n'étoit pas obligé
de donner à sa profession.

On juge bien qu'en ce moment d'affliction, le jeune amant étoit venu
joindre ses larmes à celles de cette famille désolée. Voulant tâcher de donner quelque distraction au malheureux

père, il l'avoit entraîné sur un banc
de pierre adossé contre sa maison, qui
étoit située sur la place publique; mais,
au lieu de regarder les amusemens aux-
quels se livroient les jeunes gens du
village, ayant les coudes placés sur ses
genoux, et la tête appuyée sur ses
deux mains, il ne pouvoit songer qu'au
fils qu'il avoit perdu, et à l'épouse
qu'il craignoit de perdre. Piers, assis
près de lui, respectoit une douleur
qu'il partageoit, et gardoit un silence
mélancolique, sans chercher à lui
donner des consolations qui étoient
encore hors de saison.

Tout à coup, un homme se pré-
sente devant Wat-Tyler. C'étoit le receveur de la capitation.

— De l'argent, lui dit-il d'un ton

brusque; voici la troisième fois que je viens vous en demander, et ce sera la dernière. Si je ne suis pas payé aujourd'hui, demain je fais vendre vos meubles.

— Vous êtes bien dur, lui dit Piers; est-ce dans un moment d'affliction semblable, quand son fils est dans le cercueil, quand sa femme est près d'y entrer, que vous devriez lui parler ainsi? Croyez-vous que l'argent que vous lui demandez soit si facile à gagner?

— Mêlez-vous de vos affaires, jeune homme; je ne vous parle pas. Allons, voyons, me payez-vous ou non?

— Voici votre argent, lui répondit Wat-Tyler sur le même ton; ce n'est pas sans peine que je l'ai épargné.

A ces mots, il tira de sa poche un petit sac de cuir, y prit neuf groats, et les présenta au receveur.

— Cela ne fait pas mon compte, il m'en faut douze. Croyez-vous que je ne sache pas qu'il y a dans cette maison quatre personnes qui doivent la capitation?

— C'est faux, et vous n'en aurez pas plus de neuf, parce que....

— Parce que votre fils est mort? belle raison! vous n'en devez pas moins la capitation pour lui, puisque vous auriez dû la payer il y a plus d'un mois, si je n'eusse été trop bon.

— Je vous dis que je n'en dois que neuf, parce que ma fille n'a pas encore quinze ans.

— N'a pas quinze ans ! Ah! ah! Et où est-elle donc? Il faut que je la voie.

— Elle va venir. Alix! Alix!

— Me voici, mon père.

Et elle arriva à l'instant. C'étoit le modèle des filles du village. Douce, laborieuse, active, soumise et complaisante, elle réunissoit toutes les qualités que la nature peut donner sans le secours de l'éducation, et la bonté de son cœur faisoit que ses jeunes compagnes lui pardonnoient ses grands yeux d'un bleu foncé, ses beaux cheveux chatains, ses sourcils bien arqués, ses couleurs fraîches et vermeilles, et une réunion d'attraits que plus d'une dame de la cour auroit payés bien cher si elle avoit pu les acheter.

Elle ne manquoit même pas d'esprit naturel, et la suite prouvera qu'elle y joignoit du courage, de la résolution et de la grandeur d'âme.

— Ha! ha! ha! s'écria le receveur en riant d'un air grossier, et en l'examinant d'un œil effronté, le tour est bon! et c'est cette grande fille que vous voulez me faire passer pour une enfant de quatorze ans! A d'autres, à d'autres!

—Je vais vous en donner la preuve, suivez-moi.

Wat-Tyler rentra dans sa maison avec le receveur, tandis que sa fille, qui avoit aperçu Piers, s'avançoit vers la porte pour lui dire un mot. S'arrêtant dans la pièce d'entrée, il ouvrit le tiroir d'une vieille table, y prit un chiffon soigneusement ficelé, le developpa, et en tirant deux papiers. — Je ne sais pas lire, lui dit-il, mais voici les certificats de naissance de mes deux enfans; examinez-les, et vous verrez que ma fille n'aura quinze ans que la semaine prochaine.

—Je n'ai que faire de ces paperasses, dit le receveur en les jetant sur la table sans daigner les regarder; j'ai un meilleur certificat de l'âge de votre fille, et le voici.

A ces mots, se rapprochant d'elle, il lui arracha brutalement sa collerette, et mit au grand jour des charmes qui ne sont pas le partage très-ordinaire d'une fille de quatorze ans.

Le premier mouvement de Piers fut

de ramasser la collerette d'Alix, qui rougissoit de honte et d'indignation, et de l'en recouvrir; celui de Wat-Tyler fut de saisir son marteau, et il en déchargea sur la tête du receveur un coup si volent qu'il l'étendit mort à ses pieds.

— Oh mon père! s'écria Alix, qu'avez-vous fait?

— Justice, répondit Piers.

— Ce que j'aurois fait à sa place, dit le boucher du village, nommé Jack Straw.

— Cela apprendra à ces coquins à vivre, ajouta un charretier nommé Hob Carter.

On entendit en ce moment du bruit

dans la chambre de la malade, et Alix
se hâta d'y retourner.

—Voisin, dit le meunier Tom Miller,
je crois que vous feriez bien de quitter
le village sans délai; hé! hé, hé, on ne
mout pas de grains sans faire du bruit ;
ce qui vient de se passer ne peut rester
long-temps secret, et vous savez ce qui
en arrivera.

— Sang pour sang, dit Wat-Tyler;
on me fera pendre, et que m'importe ?
je suis las de vivre dans ce monde cor-
rompu, comme le disoit l'honnête John
Ball. D'ailleurs je ne puis abandonner
ma pauvre femme dans l'état où elle se
trouve.

Un cri perçant se fit entendre dans
la chambre voisine, et presque au

même instant Alix, en sortant tout éplorée, se précipita dans les bras de son père.

— Elle est morte, s'écria-t-elle, elle est morte.

La malade avoit entendu tout ce qui s'étoit passé dans la pièce voisine de celle où elle étoit couchée, et dont elle n'étoit séparée que par une cloison en planches; inquiète pour sa fille, inquiète pour son mari, elle avoit voulu se lever pour essayer de se traîner près d'eux, mais cet effort avoit épuisé le peu de forces qui lui restoient, elle étoit tombée de son lit sur le plancher, et elle y rendoit le dernier soupir à l'instant où sa fille arrivoit.

— Maintenant, voisin, dit Tom Mil-

ler, rien ne vous retient plus ici, et je
vous conseille d'en déguerpir sans délai.

— Et ma fille?

— Nous en prendrons soin, s'écrièrent en même temps une vingtaine de
femmes du village.

— Non, mon père, non, dit Alix;
je suis maintenant tout ce qui vous
reste sur la terre; jamais je ne vous
quitterai. Si vous êtes obligé de fuir, je
fuirai avec vous; s'il faut que vous
vous cachiez, nous nous cacherons en-
semble; la mort seule pourra nous sé-
parer.

— Bien, ma fille, bien, mon Alix,
oui, tu suivras ton père. Nous mendie-

rons notre pain, s'il le faut, jusqu'en Ecosse, et une fois en ce pays, mon métier nous y fera vivre comme ici.

— Et moi, dit Piers, et moi, que deviendrai-je?

— Toi, mon garçon; tu me ressembles, tu n'as d'autres richesses que tes bras, d'autres possessions que ton industrie; eh bien, quand nous serons établis quelque part, tu pourras venir nous y rejoindre, et nous ne ferons plus qu'une seule famille.

— Voilà qui est dit, s'écria Tom Miller, maintenant il faut vous préparer à partir; hé, hé, hé, le vent peut changer, et le moulin ne tourneroit plus. D'un moment à l'autre, on peut venir vous arrêter.

2*

—Qu'on vienne, dit Piers, en grinçant les dents. .

— Non, répondit Wat-Tyler, quoiqu'il puisse m'en arriver, je ne quitterai point Deptford avant d'avoir vu ma femme et mon fils placés dans leur dernière demeure.

La nuit étoit arrivée. — Il est trop tard pour y songer aujourd'hui, dit Tom Miller; mais, en ce cas, il faut prévenir le curé pour qu'il fasse le double enterrement demain de bonne heure; et je vais chez lui de ce pas.

— Et ce coquin, dit Hob Carter en frappant du pied le cadavre du receveur, qu'en ferons-nous?

— Il ne mérite pas la sépulture

chrétienne, répondit Jack Straw; il faut le jeter à la voierie comme un chien.

Cet avis fut ouvert, adopté et exécuté en un instant. On lui attacha des cordes aux pieds, on le traîna hors du village, on creusa une fosse dans un carrefour, et, dans l'espoir de rendre sa sépulture encore plus ignominieuse, on ne couvrit son corps qu'avec du fumier.

Après cette expédition, chacun se retira chez soi. Piers accompagna Wat-Tyler et sa fille dans leur maison, et passa toute la nuit avec eux dans les regrets et les larmes.

Le lendemain à sept heures du matin, toute la population de la classe inférieure de Deptfort, hommes et

femmes, vieillards et enfans au nombre
d'environ huit à neuf cents âmes,
se rassembla sur la place publique devant la maison de Wat-Tyler, suivit
le convoi jusqu'à l'église, et assista
à toutes les cérémonies religieuses.
Comme on en sortoit, un constable
accompagné de deux recors se présenta
devant Wat-Tyler, et lui dit qu'il
l'arrêtoit comme prévenu du meurtre
du receveur de la capitation.

Cet événement et l'enterrement in-
jurieux dont il avoit été suivi avoient
été trop publics pour rester ignorés.
Déjà le magistrat avoit décerné un
mandat d'arrêt contre le coupable; et,
comme on ne prévoyoit pas que l'exécution en dût éprouver quelque difficulté, on n'avoit pris pour l'assurer que
les mesures ordinaires.

— Je vous recommande ma pauvre
fille, dit Wat-Tyler à la femme de
Jack Straw, qui se trouvoit près de lui,
et il se disposoit à suivre l'officier de
police sans faire aucune résistance.

—Vous ne l'emmènerez pas, s'écria
Piers en repoussant le constable. Il
n'est pas coupable ; il a puni un in-
solent qui avoit outragé sa fille, et il a
bien fait.

— Oui, il a bien fait ! il a bien fait !
répétèrent plusieurs femmes.

— Jeune homme, dit le constable,
songez bien à ce que vous dites, et
faites attention que, si vous apportez
quelque obstacle à l'exercice de mes
fonctions, je serai obligé de vous conduire aussi en prison.

— En ce cas, vous m'emmènerez donc aussi? s'écria Jack Straw en s'avançant vers lui le poing fermé.

— Et moi aussi, ajouta Hob Carter en se montrant au premier rang les deux mains appuyées sur ses hanches.

— Et moi aussi! Et moi aussi! s'écrièrent cent voix à la fois.

Sans se laisser intimider par ces cris, le constable donne ordre à ses deux exempts d'emmener le prisonnier; mais on le leur arracha de force, on les assaillit à coups de poings et de bâtons, et tous trois furent obligés de chercher leur sûreté dans la fuite, encore furent-ils poursuivis par tous les jeunes gens armés de pierres, et ils ne se sauvèrent que meurtris et ensanglantés.

— Mes amis, mes voisins, dit alors Wat-Tyler en montant sur un banc, je vous remercie mille fois du secours que vous venez de m'accorder. Mais songez qu'en me défendant, vous vous êtes mis en danger vous-mêmes ; vous allez tous être traités de rebelles, et l'on ne manquera ni d'avocats pour parler contre vous, ni de juges pour vous condamner, ni de bourreaux pour exécuter leurs sentences. Avez-vous envie de vous laisser égorger comme des moutons ?

— Non ! non ! non !

— Le vin est versé, s'écria Jack Straw, en brandissant un gros bâton, et il faudra le boire.

—Nous nous défendrons comme nous

vous avons défendu, dit Hob Carter.

— Et que peuvent faire environ trois cents villageois contre un régiment tout entier qu'on va peut-être faire marcher contre nous? demanda Wat-Tyler. Quelle résistance pourrez-vous opposer?

Chacun garda le silence.

— Je vais vous l'apprendre, continua-t-il. Croyez-vous que nous soyons seuls las de payer des impôts et des taxes qui épuisent le plus pur de notre sang; d'être les esclaves de ceux qui se prétendent nos maîtres et nos seigneurs, de voir le fruit de nos sueurs servir à engraisser les grands, et à fournir à leur luxe et à leurs plaisirs; de savoir que les revenus de l'état sont dissipés pour

faire la guerre à des peuples qui ne
nous ont fait aucun mal; de ne pouvoir jamais obtenir justice d'un riche
ou d'un noble qui veut nous op-
primer? Vous imaginez-vous que tous
ces fléaux ne tombent que sur les habitans de Deptfort?

— Non, non, cria-t-on de toutes
parts.

— N'avez-vous pas entendu prêcher
le digne John Ball, aujourd'hui victime de la persécution? Ne vous a-t-il
pas démontré par les saintes Ecritures
que Dieu a créé l'homme libre; que
tous les hommes sont égaux devant
lui; que la distinction des rangs et
de la fortune est une invention de l'esprit malin? Vous en souvenez-vous?

— Oui! oui!

— Eh bien, mes amis, faisons retentir ces vérités dans toute l'Angleterre ; partons à l'instant même ; courons de village en village ; partout nous trouverons le peuple prêt à se soulever contre ses tyrans ; que d'un bout du royaume à l'autre on entende ce cri : Liberté ! Liberté !

— Jamais nous ne serons libres, dit Jack Straw, tant qu'il y aura des nobles.

— Tant qu'il y aura des riches, dit Hob Carter.

— Tant qu'il y aura des avocats et des juges, ajouta Tom Miller.

— Eh bien, reprit Wat-Tyler, mort aux nobles ! mort aux riches !

mort aux avocats et aux juges ! mort
à quiconque s'opposera à ce que le
peuple rentre dans ses droits !

— Un moment, un moment, dit
Piers, je voudrois bien qu'on pût faire
tout cela sans tuer tant de monde.
D'ailleurs, c'est une révolte contre le
roi, et les rois ont été institués par
Dieu. N'en a-t-il pas donné lui-même
à son peuple?

— Oui , répondit Wat - Tyler ,
mais Jonh Ball te dira que ce ne fut
que lorsque son peuple se fut cor-
rompu. Au surplus il n'est pas question de détrôner le roi, il sort de
bonne race; il est lui-même esclave : eh
bien, nous le délivrerons; il déclarera
son peuple libre, et nous lui laisse-
rons la couronne. D'ailleurs, mon gar-

çon, nous ne forçons personne à nous suivre ; tu es le maître de rester ici, ou d'aller où tu voudras.

— Je ne vous abandonnerai jamais, s'écria Piers avec feu.

— Partons ! partons ! s'écrièrent plusieurs voix.

— A l'instant même, mes amis.
—Ma fille, tu voulois me suivre en exil, mais tu ne peux m'accompagner à la guerre ; tu resteras avec la femme de Jack Straw.

— Je ne puis y consentir, mon père ; jamais je ne vous quitterai. J'ai été insultée sous les habits de mon sexe, permettez-moi de mettre les vê-temens de mon pauvre frère, et vous

verrez que votre fille ne manque ni de
force ni de courage.

Wat-Tyler résista quelques instans,
et finit par lui accorder une demande
qui lui paroissoit inspirée par un esprit
de patriotisme héroïque. Il fut convenu
que tout ce qui étoit en état de porter
les armes à Deptford, depuis quinze
ans jusqu'à soixante, partiroit sur-le-
champ en se divisant en quatre détachemens sous la conduite de Wat-Tyler,
de Jack Straw, de Tom Miller, et
d'Hob Carter; qu'on iroit soulever
toute la population des villages des
comtés de Kent et de Surrey, et qu'on
se réuniroit ensuite à Blackheath pour
marcher sur Londres.

Une heure suffit pour les préparatifs du départ; et les quatre troupes,

composées chacune d'environ quatre-
vingts hommes, se mirent en marche
de quatre différens côtés. Nous n'avons
pas besoin de dire que Piers et Alix
firent partie de celle de Wat-Tyler.

CHAPITRE III.

« La vengeance implacable et qui marche à pas lents
Descend du haut des cieux. . . . . . . »

VOLTAIRE.

LE constable qui avoit été si mal
reçu à Deptford ne manqua pas d'en
faire rapport de suite au magistrat qui
avoit décerné un mandat d'arrêt contre
Wat-Tyler, et celui-ci jugea l'affaire
assez grave pour en rendre compte au

conseil d'administration du royaume,
auquel il expédia un messager. Deptford n'étant qu'à deux lieues et demie
de Londres (1), le conseil reçut cet
avis de bonne heure dans la matinée ;
mais, croyant qu'il ne s'agissoit que
d'une mutinerie de quelques paysans,
il se borna à envoyer sur les lieux un
détachement de cinquante hommes
commandés par un officier, et donna
ordre au magistrat de faire arrêter les
principaux chefs des séditieux.

Ces soldats arrivèrent à Deptford
vers deux heures après midi, et furent
très-surpris de trouver le village presque désert. Il n'y restoit que des fem-

---

(1) Deptfort est aujourd'hui plus près de
Londres, attendu l'agrandissement de la
capitale.

mes, des enfans, des vieillards, et
quelques habitans qui, n'appartenant
point à la classe du peuple, s'étoient
tenus par prudence renfermés dans
leurs maisons. Ils apprirent de ceux-ci
tout ce qui s'étoit passé dans la matinée, et s'étant assurés que la troupe
de Wat-Tyler s'étoit dirigée vers
Greenwich, ils se décidèrent à la poursuivre. En arrivant à Greenwich, ils
virent que toute la population s'étoit
jointe à Wat-Tyler, et ayant marché
sans s'arrêter jusqu'à Woolwich, ils
apprirent que Wat-Tyler en étoit
parti une heure auparavant, également
suivi de tout ce qui étoit en état de
porter les armes. Ils ne renoncèrent
pourtant pas encore à le poursuivre;
mais, sur la route d'East Wickham,
ils entendirent sonner le tocsin dans
tous les villages situés à droite et à

gauche dans l'intérieur des terres, et
ayant appris d'une manière certaine
que Wat-Tyler étoit déjà à la tête de
qnatre à cinq mille hommes, ils jugè-
rent avec raison qu'il y auroit non-seulement de l'imprudence et de la témérité
à vouloir l'attaquer, mais que ce seroit
même risquer d'enfler le courage des
révoltés, et de leur donner plus de confiance dans leurs forces, en leur pro-
curant l'occasion de remporter facilement une première victoire.

Ils retournèrent donc à Londres, et
le commandant rendit compte au conseil d'administration de son expédition, ou pour mieux dire de sa reconnoissance. C'étoit le jour du tournoi
dont nous avons parlé dans le chapitre
précédent, et il étoit dix heures du
soir. Le conseil commença alors à ne

plus regarder le danger comme si mé-
prisable. Il convoqua sur-le-champ les
grands officiers de la couronne, le duc
d'Hereford et le Maire de Londres,
Walworth, homme recommandable
par sa prudence, son courage et son
bon sens. Tout le monde convint qu'il
falloit étouffer cette insurrection dès sa
naissance ; la seule difficulté étoit d'en
trouver les moyens.

L'évêque de Norwich, prélat guer-
rier, qui s'étoit déjà montré plus d'une
fois les armes à la main, ne demandoit
que deux ou trois cents hommes bien
déterminés pour disperser toute cette
canaille ; mais Walworth représenta
qu'il falloit tâcher de présenter aux
rebelles une force capable de les intimider, afin d'éviter une effusion de
sang inutile, et surtout de prévenir la

possibilité d'une défaite qui leur livreroit la capitale. Chacun sentoit la sagesse de cet avis, mais on reconnoissoit
en même temps combien il étoit difficile à suivre. Il n'existoit aucune force
militaire ni à Londres, ni dans les
environs ; toutes les troupes étoient en
France, en Écosse ou en Portugal.
On pouvoit bien requérir les grands
barons d'armes, leurs vassaux ; mais
d'une part, pouvoit-on être bien sûr
que ceux-ci ne se joindroient pas aux
rebelles, et de l'autre, cette levée
d'hommes exigeoit un temps assez considérable, et le danger étoit à la
porte.

Après une délibération, qui dura
presque toute la nuit, il fut arrêté
qu'on feroit marcher contre les révoltés la garde du roi, qui ne mon-

toit qu'à deux cents hommes, et la
garnison de la tour de Londres, con-
sistant en trois cents. Walworth se
chargea de faire faire leur service par
un pareil nombre de citoyens de la fidélité desquels il dit qu'il répondroit.
Il fut décidé en outre qu'on invite-
roit les chevaliers qui se trouvoient à
Londres à se joindre à cette troupe
avec les écuyers et hommes d'armes qui
composoient leur suite, et l'on espéra
former ainsi un corps de mille à douze
cents hommes. Le duc d'Hereford,
qui ne manquoit pas de bravoure, fut
chargé de commander cette troupe,
moins à cause de ses connoissances militaires que par égard pour sa qualité
de premier prince du sang, et il prit
pour commandans en second l'évêque
de Norwich, et le comte de Rutland,
son confident intime.

Toute la journée du 9 se passa à
organiser cette petite troupe ; on en-
voya force vedettes dans la campagne
de différens côtés, et leur rapport
unanime étant que tous les villages des
environs, dans les comtés de Kent et
de Surrey, étoient en insurrection, on
ne savoit trop sur quel point on devoit
se diriger pour frapper un coup déci-
sif. Enfin dans la soirée, un officier
qui avoit poussé une reconnoissance un
peu plus loin que les autres annonça
que Wat-Tyler venoit d'arriver à Blackheath, village qui étoit alors à près
de trois lieues de Londres, à la tête
de huit à dix mille hommes, et qu'il paroissoit faire ses dispositions pour y
camper.

Ce nombre étoit déjà considérable,
mais on savoit que c'étoit une réu-

nion de paysans mal armés, marchant
sans ordre, n'ayant aucune idée de
discipline, et l'on ne doutoit pas que
douze cents hommes de bonnes troupes
ne vinssent aisément à bout de les
disperser comme un troupeau de moutons. L'ordre du départ fut donc donné
pour le lendemain avant le jour, afin
de ne pas laisser à ce noyau le temps
de se grossir.

Mais, avant de suivre ce petit corps
d'armée dans sa marche, il est indis-
pensable de rendre compte des opéra-
tions de Wat-Tyler et de ses compagnons d'armes pendant ces trois jours.

Wat-Tyler et Tom Miller dans le
comté de Kent, Jack Straw et Hob
Carter dans celui de Surrey, avoient
obtenu tout le succès qu'ils pouvoient

attendre. Les paysans en Angleterre
étoient encore attachés à la glèbe, et
passoient d'un seigneur à l'autre comme
leurs terres et leurs bestiaux. Soumis
à la volonté arbitraire de despotes su-
balternes, ils étoient exposés sans défense aux exactions les plus criantes,
aux actes de la tyrannie la plus insup-
portable. Qu'on juge donc avec quels
transports de joie ils entendirent prononcer les mots d'affranchissement,
de liberté, d'indépendance. Chacune
des petites troupes parties de Deptfort
se grossissoit de toute la population
des villages par où elle passoit, et
il s'en formoit de nouvelles qui alloient à leur tour répandre de tous
côtés les germes d'une insurrection
générale.

La première journée ne fut pas mar-

quée par de grands désordres, mais dès
que les révoltés sentirent leur force,
ils se livrèrent à tous les excès qu'on
pouvoit attendre de gens sans prin-
cipes et sans éducation, animés par
un esprit de haine et de vengeance.
Ceux qui avoient été si long-temps op-
primés devinrent à leur tour les plus
cruels des oppresseurs. Les riches
étoient attaqués dans leur domicile, et
forcés de racheter leur vie en versant
dans la caisse des rebelles telle somme
que ceux-ci vouloient en exiger. Il en
étoit de même des nobles, qui pourtant
souffrirent moins, parce que la plupart
d'entre eux se renfermèrent sur-le-
champ dans leurs châteaux-forts, et que
les rebelles n'avoient pas envie de
perdre le temps à en faire le siége. L'Angleterre à cette époque étoit littérale-
ment peuplée de ces châteaux qu'a—

3*

voient rendu nécessaires les guerres fréquentes qui avoient lieu entre les barons. On pourra se former une idée de leur nombre, quand on saura que sous le règne d'Étienne, c'est-à-dire, dans un espace de 19 ans, on en construisit onze cent quinze.

Les avocats, les juges, les baillis, en un mot tout ce qui tenoit au barreau, fut la classe contre laquelle les révoltés montrèrent le plus d'acharnement; et tous ceux dont ils purent s'emparer furent pendus sans miséricorde. Le nombre n'en fut pourtant pas considérable pendant les premiers jours de l'insurrection, parce que les révoltés se bornèrent à parcourir les campagnes, et que ce n'est pas là qu'habitent ordinairement les suppôts de Thémis. D'où venoit cet acharnement

contre les pacifiques chevaliers de l'é-
critoire? c'est que le peuple les regardoit comme les agens de la tyrannie
des grands, comme des autorités qui
n'étoient instituées que pour tenir dans
la dépendance ce qu'on appeloit alors
« les vilains, » et il croyoit anéantir le
despotisme en en brisant les instru-
méns.

Nous ne suivrons pas dans leur
marche les quatre détachemens que nous
avons vus partir de Deptford, mais
nous ne pouvons nous dispenser d'entrer avec Wat-Tyler dans Maidstone,
seule ville dans laquelle les révoltés se
montrèrent pendant les trois premiers
jours. La prison qui s'y trouve aujour-
d'hui est la plus belle de toute l'Angleterre, et celle qui y existoit alors
jouissoit de la même réputation. Dans

3*

cette prison étoit enfermé depuis plusieurs mois un prédicateur séditieux nommé John Ball, et ce fut pour le délivrer que le principal chef des rebelles résolut d'entrer dans Maidstone.

Wicklef, qu'on peut regarder comme le père du protestantisme, comme le précurseur de Luther et de Calvin, avoit déjà commencé à disséminer ses erreurs en Angleterre, et y avoit fait un grand nombre de prosélytes. Il nioit la présence réelle de Jésus-Christ dans le sacrement de l'Eucharistie, la suprématie de l'église romaine, et l'autorité de la tradition. Il déclamoit contre les vœux monastiques, contre la richesse du clergé séculier, et soutenoit le principe de la prédestination. Le duc de Lancastre et plusieurs au-

tres seigneurs s'étoient ouvertement déclarés ses protecteurs. Cependant en
vertu d'une bulle du pape Grégoire XI,
il fut arrêté et interrogé publiquement
devant un synode auquel présidoit
l'évêque de Londres. Mais Wicklef, à
l'aide de distinctions subtiles et de
raisonnemens captieux, eut l'art d'en
imposer à ses juges, et évita par là
l'humiliation d'une rétractation. D'ailleurs on n'avoit pas encore adopté en
Angleterre l'usage de punir par le
feu les erreurs de l'esprit ; nulle loi
ne condamnoit encore les hérétiques
aux flammes : il étoit réservé à Henri IV,
que nous voyons figurer dans cette histoire sous le nom du duc d'Hereford,
de donner le premier exemple de cette
cruauté monstrueuse.

Disciple de cet hérésiarque, John

Ball n'en avoit ni les talens, ni la modération, ni l'adresse. Portant ses prin-
cipes bien plus loin que son maître, il
ne reconnoissoit aucune autorité civile
ni religieuse, l'égalité la plus absolue
parmi les hommes lui paroissoit insti-
tuée par Dieu et commandée par la
nature; les riches, les nobles, les puissans du siècle n'étoient à ses yeux que
des usurpateurs que devoit frapper la
vengeance du ciel et de la terre, et
tout lui sembloit permis pour rétablir
les hommes dans leur condition primi-
tive. Il parcouroit les campagnes depuis deux ans, en prêchant partout
cette doctrine, il s'étoit fait connoître
par ce moyen, et avoit de nombreux
partisans parmi la populace, qui le regardoit presque comme un prophète
inspiré par le ciel; et il passa pour un
martyr, quand on apprit qu'ayant osé

prêcher à Maidstone un sermon rempli de maximes séditieuses et tendant à
exciter les pauvres à une insurrection
contre les riches, les magistrats l'a-
voient condamné à une détention de
deux ans dans la prison de cette ville.

Il y étoit depuis six mois quand
Wat-Tyler, le 8 juin à midi, parut
à une des portes de Maidstone à la
tête d'environ cinq cents hommes. Ce
n'étoit pourtant que son avant-garde.
Il avoit fait une marche forcée afin
d'y arriver avant que la nouvelle de la
révolte des paysans s'y fût répandue,
et dans le fait il n'en couroit encore
dans cette ville qu'un bruit vague, auquel les autorités publiques n'ajou-
toient même que peu de foi, de sorte
qu'on n'y avoit pris aucune précaution
pour se défendre. On en auroit pris

qu'elles auroient probablement été inutiles, car la populace, qui formoit la
plus grande partie de la population,
se déclara sur-le-champ pour les in-
surgés. Cependant Wat-Tyler, en général habile, se contenta de s'être
emparé d'une porte, et y attendit pa-
tiemment l'arrivée de forces plus con-
sidérables pour entrer dans la ville.

La consternation y régnoit déjà;
les gens tranquilles restoient dans leurs
maisons, les marchands fermoient leurs
boutiques; les riches se cachoient; le
peuple formoit des rassemblemens dans
les rues, et les magistrats, n'ayant aucun moyen de défense, s'enfuirent de
la ville par une porte opposée à celle
dont les rebelles s'étoient emparés.
L'avocat Caddy fut un des premiers à
prendre la fuite, et laissant sa fidèle

et chaste Suzanne exposée à tous les
dangers que pouvoit courir sa virgi-
nité déjà bien mûre, il courut tout
d'une traite jusqu'à Londres, regardant souvent derrière lui pour voir s'il
n'étoit pas poursuivi, et à peine se
crut-il en sûreté, quand il se trouva en
présence du Roi.

Cependant Wat-Tyler, instruit des
dispositions de la majorité des habitans
de Maidstone, y entra dès qu'il fut à
la tête de mille à douze cents hommes
et marcha droit à la prison, dans le
dessein de délivrer John Ball en qui il
espéroit trouver un coadjuteur dont
les discours sauroient électriser le peuple. En y arrivant, il frappa à la porte,
et commanda qu'on l'ouvrît. Point de
réponse. Il y fit frapper à coups re-
doublés ; les cris des prisonniers lui

I. 4

répondirent, mais ils ne pouvoient favoriser les efforts des assaillans, car dès l'instant que le geôlier avoit appris l'arrivée des révoltés, il les avoit mis sous les verroux, et avoit pourvu à sa sûreté en se sauvant par le toit et en gagnant une maison voisine, exemple que tous ses porte-clefs n'avoient pas manqué d'imiter.

Mais quoique la prison n'eût pas un seul défenseur, elle se défendoit par sa propre force. En vain on fit pendant une demi-heure des tentatives multipliées pour enfoncer la porte et faire une brêche dans la muraille : la porte étoit de fer et déjouoit tous les efforts; et le mur, construit en pierres de taille aussi grosses que dures, repoussoit la hache comme s'il eût été de même métal.

— Il faut y mettre le feu, s'écria un de ceux qui travailloient inutilement à s'ouvrir une entrée dans cette bastille.

— Oui ! dit Wat-Tyler ; et brûler les prisonniers ! Non, non ; il faut essayer d'autres moyens.

Il fit ouvrir la porte d'une maison voisine, et ordonna qu'on attaquât le mur qui la séparoit de la prison. Ce mur n'étant que de briques céda facilement. Wat-Tyler, à la tête d'une troupe de ses compagnons, pénétra dans la prison, et tous ceux qui y étoient détenus furent mis en liberté.

On juge bien que John Ball ne fut pas oublié, et à peine ce fougueux prédicateur se vit-il en liberté, que, mon-

tant sur un tonneau au milieu de la
grande place sur laquelle la prison
étoit située, — Mes frères, s'écria-t-
il, je rends grâces au Dieu de miséricorde, non d'avoir fait tomber les
chaînes dont j'avois été chargé pour
avoir osé faire entendre les accens de
la vérité, mais d'avoir suscité un autre
Moïse qui délivrera le peuple d'un joug
plus pesant que celui sous lequel les
Israélites gémissoient en Egypte. Suivez
tous Wat-Tyler, mes frères; soyez
unis, soyez fermes, et vos ennemis
tomberont comme les épis de blé sous
la faucille du moissonneur. Je dis vos
ennemis ; et comment appellerois-je
ces riches qui, vous réduisant à l'in-
digence, s'approprient tous les trésors
que Dieu et la nature avoient destinés
à l'usage de tous les hommes ; ces nobles qui vous regardent comme de vils

troupeaux condamnés par leur naissance à l'esclavage ; ces juges entre les
mains desquels la balance de la justice
n'est qu'un instrument d'oppression
contre vous ; ces abbés et ces prélats
qui s'engraissent de la substance des
pauvres qu'ils devroient nourrir ? Oui
ce sont vos ennemis , et ce sont aussi
les ennemis de Dieu. S'il avoit voulu
établir parmi les hommes une inégalité
de rang, de fortune et de condition, rien
n'étoit plus facile à sa toute puissance,
il pouvoit créer des riches et des pauvres , des seigneurs et des serfs ; mais
non , sa sagesse infinie n'a créé qu'un
seul homme auquel il a donné la terre.
Vous êtes tous les fils d'un même père,
vous avez donc les mêmes droits à son
héritage. L'iniquité vous en a dépouil-
lés, que la justice vous les rende. Si
vos ennemis ont l'astuce du renard ,

opposez-y la force du lion. N'avilissez pas par une plus longue servitude le plus bel ouvrage du Créateur; suivez cet autre Josué, et vous verrez s'écrouler les murs de Jéricho.

— Oui, oui, nous le suivrons! s'écria-t-on de toutes parts. On plaça le prédicateur factieux sur un fauteuil, on le porta en triomphe dans toute la ville, et trois mille de ses habitans se joignirent à la troupe de Wat-Tyler.

Il partit de Maidstone dans la soirée, se dirigea vers Londres par une autre route, recueillit par tout, chemin faisant, de nouveaux renforts, et arriva dans la soirée du 9 à Blackheath, jour et lieu qui avoient été fixés pour la réunion des quatre troupes. Il se trouva le premier au rendez-vous à la tête,

non de huit à dix mille hommes, mais
de plus de quinze mille : ses trois compagnons l'y rejoignirent pendant la
nuit, et leur suite n'étoit ni moins
nombreuse, ni moins échauffée par un
esprit de haine et de vengeance que
celle de Wat-Tyler.

CHAPITRE IV.

« . . . . Jeannette émerveillée
De cette armure est bientôt habillée.
Elle vous prend et casque et corselet ,
Brassards , cuissards , baudrier , gantelet;
Marche , s'essaie et brûle pour la gloire. »

VOLTAIRE.

Le 10, à la pointe du jour, Wat-
Tyler passa ses troupes en revue, et
donna ordre que chacun se tînt prêt
à marcher sur Londres par Southwark
à huit heures du matin. Son armée
étoit campée sur une vaste prairie en

avant de Blackheath ; mais, quelle que
fût son étendue , elle ne pouvoit la
contenir tout entière , et des corps
nombreux s'étendoient dans la campagne des deux côtés. Wat - Tyler
s'occupoit à faire les dispositions nécessaires pour faire avancer cette multitude immense dans le meilleur ordre
possible , quand on vint l'avertir qu'un
corps de troupes , fort de douze à quinze
cents hommes , arrivoit du côté de la
capitale. Il prit aussitôt ses mesures
pour l'attaquer sur-le-champ , mais il
lui fallut quelque temps pour faire
retirer à l'arrière-garde ceux qui n'a-
voient pas d'armes ou qui étoient mal
armés , afin de faire place à ses meil-
leures troupes. Il donna ordre ensuite
à Jack Straw de partir à l'instant même
avec huit ou dix mille hommes , et de
tourner les ennemis sur la gauche pour

leur couper la retraite sur Londres et
les attaquer par derrière. Deux autres colonnes, commandées par Tom
Miller et Hob-Carter, devoient s'éten-
dre de droite et de gauche pour tomber sur leurs flancs, tandis que lui-
même les attaqueroit de front avec le
reste de son armée.

Tandis qu'il donnoit ses différens
ordres, l'énergumène John Ball, monté
sur un cheval qu'on lui avoit donné,
parcouroit tous les rangs : — Mes
frères, s'écrioit-il, le ciel vous livre
vos ennemis. Les voilà rassemblés
comme les Philistins dans leur salle
de fêtes ; ébranlez-en les colonnes ;
qu'ils soient ensevelis sous les ruines,
et qu'il n'en reste pas un seul pour
porter à Londres la nouvelle de la
mort des autres.

Cependant Alix, qui, comme nous l'avons dit, s'étoit revêtue des habits de son frère, et qui avoit réussi à se procurer un sabre, s'étoit placée dans les premiers rangs, et prétendoit avoir le droit d'y rester malgré les prières et les représentations de Piers, qui au fond du cœur n'approuvoit pas tout ce qui se passoit, et qui ne restoit avec les révoltés que parce qu'il ne pouvoit se décider à s'éloigner d'elle. Mais Alix n'avoit pas encore oublié l'insulte qu'elle avoit reçue, et quoique son père l'eût lavée dans le sang du coupable, elle regardoit l'affaire qui alloit avoir lieu comme sa querelle personnelle; elle vouloit ne devoir qu'à elle-même sa vengeance, et brûloit du désir de la faire tomber sur quelqu'un de ces grands qu'on lui avoit toujours peints comme les oppresseurs du peuple.

Quand pourtant Wat-Tyler, qui ne se soucioit pas de voir sa fille exposée aux premiers coups, lui eut ordonné de se retirer à l'arrière-garde, elle se disposa à obéir.

John Ball survint en ce moment. — Pourquoi l'éloigner, homme de peu de foi? dit-il à son père. Pourquoi douter de la protection du Dieu qui veille sur tous ses enfans? Que savez-vous s'il n'a pas fait revivre en elle une Jahel, une Judith, qui va nous délivrer d'un nouveau Sisara, d'un nouvel Holopherne? Restez, ma fille, restez; le Dieu des armées combattra pour vous.

Piers auroit voulu que le prédicateur, qui d'une main levoit un crucifix, et de l'autre brandissoit une pique,

fût à cinq cents lieues au-delà des mers;
mais, voyant que Wat-Tyler, qui craignoit de refroidir l'enthousiasme général, n'insistoit pas davantage pour
que sa fille se retirât, il n'osa lui répliquer, et se contenta de se placer
près d'elle, pour tâcher d'écarter tous
les dangers qui pourroient menacer
une tête si chère.

Quelques instans après, on donna le
signal de l'attaque, mais, avant d'entrer
dans le détail de ce combat, il con-
vient de voir ce qui se passoit dans les
rangs de la petite armée royale.

Le duc d'Hereford étoit parti de
Londres à quatre heures du matin au
son d'une musique militaire composée
de tambours, de cors, de trompettes,
de flûtes, de fifres, et d'instrumens

nommés *héroins*, dont on ne connoît plus aujourd'hui que le nom. Il avoit trois cents hommes de cavalerie, dont faisoient principalement partie les chevaliers anglais qui avoient combattu au tournoi, leurs écuyers et les gens de leur suite. Il auroit probablement pu en avoir le double, si l'on avoit voulu demander la coopération des soixante chevaliers étrangers, qui n'auroient sûrement pas refusé le secours de leurs armes à un jeune roi qui venoit de les accueillir avec une si noble hospitalité : mais il eût fallu leur faire l'aveu de la crainte qu'inspiroient les rebelles, du peu de forces qu'on avoit à leur opposer, et c'étoit une humiliation à laquelle la fierté anglaise n'avoit pu se résoudre.

Son infanterie consistoit en environ

huit cents hommes. C'étoit tout ce
qu'on avoit pu ramasser de troupes
dans toute la ville de Londres ; mais
il avoit en outre une arrière-garde de
trois cents hommes , commandée par
Walworth , et composée de citoyens
de Londres , qui avoient demandé à
servir sous ses ordres comme volon-
taires.

Quand on fut à une lieue de Blackheath , le duc d'Hereford, qui désiroit
surprendre les révoltés ; fit taire les
instrumens de musique et donna ordre
qu'on marchât dans le plus grand silence. Il fit aussi partir en avant quelques cavaliers pour reconnoître la po-
sition des rebelles , et tâcher de s'assurer de leur nombre. Il comptoit qu'il
n'auroit affaire qu'à dix ou douze mille
paysans presque sans armes : quelle fut

donc sa surprise quand ses éclaireurs
vinrent lui annoncer qu'une multitude
innombrable occupoit la prairie de
Blackheath et tous les environs ; que
le nombre en paroissoit monter à plus
de soixante mille hommes , et qu'ils
étoient armés d'arbalètes , de lances ,
de piques, d'épieux, d'arcs et de frondes? Ils n'avoient pu voir que les premiers rangs , sans quoi ils auroient
reconnu que la majeure partie n'a-
voit d'autres armes que des fourches,
des faux, des fléaux et d'autres instrumens de labourage ; quelques-uns
même ne portoient qu'un bâton.

Il ne se trouvoit d'armes à feu dans
aucun des deux partis. On ne connoissoit encore ni le fusil ni le pistolet ; et
les canons mal construits, dont on se
servoit alors, n'étoient employés que

pour l'attaque des villes et des places fortes.

Cependant on avançoit toujours avec ordre et précaution ; on ne tarda pas à apercevoir l'ennemi, et l'on reconnut que le rapport qu'on venoit de recevoir n'étoit pas exagéré.

Le duc d'Hereford fit faire halte, appela près de lui à la hâte les principaux chefs, et leur demanda leur avis.

— Le mien, dit Walworth, est de battre en retraite sur Londres dans le meilleur ordre possible. Si nous sommes vaincus, nous laissons la capitale sans défense, exposée à la fureur des révoltés ; si nous sommes vainqueurs, ils peuvent en fuyant se porter également sur Londres, et y commettre mille

4*

désordres avant que nous y soyons
rentrés. Si au contraire nous y retour-
nons avec toutes nos forces, nous
pouvons, en y formant des barricades,
espérer d'en défendre l'entrée contre
ces furieux.

— Le lord maire de Londres, dit
l'évêque de Norwich, avec un ton de
mépris, pense à la sûreté de sa cité ;
cela est fort naturel ; mais nous devons
aussi songer à notre honneur.

— Le lord maire de Londres, répondit Walworth avec dignité, pense
que son souverain est dans cette ville,
et que son honneur comme son devoir
exigent qu'il songe avant tout à la con-
servation de cette tête précieuse.

— Sans doute, sans doute, dit le

comte de Rutland ; mais comment se résoudre à lâcher le pied devant cette canaille ?

— Et d'ailleurs, ajouta le duc d'Hereford, n'est-il pas vraisemblable qu'elle nous attaqueroit dans notre retraite ?

— Bien certainement, dit l'évêque, et il vaut mieux attaquer bravement que d'avoir à combattre en fuyant.

En ce moment, une autre vedette vint annoncer qu'un corps d'une dixaine de mille hommes tournoit à quelque distance sur la droite, et paroissoit vouloir se porter d'un autre côté.

— Fort bien ! s'écria l'évêque, vous voyez bien que les coquins ont peur ;

en voilà déjà une partie qui prend la
fuite.

— Je crains plutôt, dit Walworth,
qu'ils n'aient le projet de profiter de
notre absence pour pénétrer dans Lon-
drès, ou de nous couper la retraite et
de nous ôter les moyens d'y rentrer. Je
n'en tiens que plus fortement à mon
avis.

La délibération duroit encore quand
on vit toute l'armée des rebelles s'é-
branler en même temps, et s'avancer
au grand pas et en assez bon ordre sur
tous les points, en forme de croissant
allongé.

— Il ne s'agit plus de délibérer, s'é-
cria le duc d'Hereford, il faut combattre. Que chacun se rende à son
poste.

Il se mit à la tête de la cavalerie qui formoit le centre. L'infanterie, qui composoit les deux ailes, étoit commandée par l'évêque de Norwich et le comte de Rutland. Walworth, à la tête du corps de réserve, devoit porter du secours partout où le besoin l'exigeroit.

Les deux armées marchèrent alors l'une contre l'autre ; et, dès qu'on fut à portée, les arbalètes, les arcs et les frondes firent leur devoir. Cette première décharge fit plus de mal aux rebelles qu'aux troupes royales, qui étoient composées de tireurs plus habiles. Cependant les révoltés continuoient à s'avancer en rang serrés, comme s'ils avoient eu dessein d'écraser, par leur masse seule, le foible détachement qui osoit se présenter pour les combattre.

Le duc d'Hereford crut qu'une charge de cavalerie jetteroit le désordre parmi eux, et partit au grand galop avec ses cavaliers dans l'espoir de les enfoncer. Mais Wat-Tyler, qui, comme nous l'avons dit, avoit servi dans sa jeunesse, et qui avoit assisté à plusieurs batailles, et notamment à celle de Poitiers, si célèbre dans l'histoire et si malheureuse pour la France, avoit prévu cette manœuvre. Ses deux premiers rangs étoient composés de piquiers. En un instant le premier mit un genou en terre, en présentant les piques en avant, tandis que ceux qui étoient au second avançoient les leurs par-dessus les épaules de leurs camades, et ce fut une barrière impénétrable à la cavalerie, qui fut obligée de faire volte-face. Les deux ailes du croissant se rapprochèrent en même-

temps, et quelques minutes après on
vit arriver par derrière le corps commandé par Jack-Straw. Walworth le
reçut avec intrépidité, forma sa petite
troupe en bataillon carré, et comme il
avoit affaire à des ennemis qui n'avoient
aucune expérience militaire, il parvint
à se défendre avec succès jusqu'au moment où il vit le corps principal de la
petite armée en déroute complète.

Ce ne fut point, à proprement parler, une bataille, car immédiatement
après la charge de cavalerie, qui avoit
si mal réussi, ce ne fut qu'une mêlée
dans laquelle on combattoit corps à
corps, et où le grand nombre devoit
nécessairement avoir l'avantage. Plusieurs soldats jetèrent leurs armes et
demandèrent à se rendre; mais John
Ball parcouroit les rangs en criant :

— Périssent les Philistins ! et l'on ne fit aucun quartier. De huit cents hommes qui composoient l'infanterie, à peine deux ou trois cents fuyards parvinrent à rejoindre le corps de Walworth.

. La cavalerie fut moins maltraitée. Composée presque entièrement de guerriers ayant autant de bravoure que d'expérience, quoique ses rangs eussent été rompus par la masse des ennemis, elle ne fut jamais en déroute complète ; elle se rallia par pelotons, et battit en retraite sur le corps de Walworth, sans autre perte qu'une trentaine d'hommes. Aidé par ce renfort, Walworth réussit à se frayer un passage à travers le corps commandé par Jack Straw, et se mit en marche vers Londres. Jack Straw, les poursuivit et les harcela pendant une heure, mais

une partie de sa troupe l'avoit aban-
donné pendant l'action pour se rendre
sur le champ de bataille, et ne se
trouvant pas assez fort, pour dé-
truire ce corps, il renonça à la poursuite.

L'air retentit des cris de joie que
poussèrent les révoltés. On auroit cru
que la victoire qu'ils venoient de remporter contre un si foible détachement
décidoit du sort de l'Angleterre, et
que rien ne pouvoit plus les arrêter
dans l'exécution de leurs projets. Il
est certain du moins qu'elle augmenta
leur confiance et leur enthousiasme, et
ils demandèrent à grands cris à marcher vers Londres sur-le-champ.

Wat-Tyler voulut d'abord rétablir
un peu d'ordre dans son armée, et or-

donna que chaque troupe se réunît sé-
parément autour de son chef; mais
quelle fut sa consternation quand il
reconnut que sa fille ne se trouvoit plus
dans la sienne, et que Piers avoit pareillement disparu! Il crut d'abord
qu'ils s'étoient laissés emporter à la
poursuite des fuyards, mais le corps
de Jack Straw étant revenu sans en
rapporter de nouvelles, il fut saisi de
la plus vive douleur, et ne douta pas
qu'Alix n'eût péri, et que Piers n'eût
pareillement succombé en voulant la
défendre. Il les fit chercher parmi les
morts, on n'y trouva ni l'un ni l'autre.
Cette circonstance lui rendit quelque
espoir, mais sans calmer tout-à-fait
ses inquiétudes, car ils pouvoient avoir
été tués en poursuivant les fuyards, à
la suite de Jack Straw. Cependant ni
ce chef, ni aucun des hommes de

sa troupe qui les connoissoit, ne les avoient vus.

Le chagrin que l'amour paternel faisoit éprouver à Wat-Tyler ne l'empêchoit pourtant pas de s'occuper des soins qu'exigeoient de lui ses nouvelles fonctions de général d'armée. Ses forces augmentoient à chaque instant ; car, la nouvelle de son insurrection s'étant répandue dans les comtés voisins, il en arrivoit dès détachemens nombreux qui venoient le joindre, et qui lui apprirent que le soulèvement étoit général dans les comtés de Hantz et de Berks. Il se trouvoit par là maître de toute la rive droite de la Tamise, et s'il pouvoit allumer le même incendie sur la rive gauche, non-seulement Londres ne pouvoit faire aucune résistance, mais les fêtes données pour le

mariage du roi ayant réuni en cette
ville la plupart des grands barons du
royaume, il pourroit les exterminer
d'un seul coup; ce qui étoit le but
principal des révoltés, qui ne vouloient
laisser en Angleterre ni un seigneur,
ni un homme de robe, et la plupart
d'entre eux comprenoient même le haut
clergé dans cette proscription.

Voyant donc ses forces assez nom-
breuses pour les diviser, il donna
ordre à Jack Straw et à Tom Miller
de passer la Tamise du côté de Greenwich, avec dix mille hommes, et les
fit accompagner de John Ball, qui, par
son enthousiasme, étoit plus propre
que personne à répandre le feu de la
révolte. Ce corps devoit ensuite se diviser en plusieurs détachemens, parcourir les comtés d'Essex, d'Hert-

ford, de Middlesex et de Buckingham, y soulever toute la population des campagnes, et tomber ensuite sur Londres du côté du nord, à la tête d'une armée, tandis que Wat-Tyler l'attaqueroit du côté du midi; ou, dans le cas où celui-ci s'en seroit déjà rendu maître, arrêter les fugitifs qui voudroient gagner le nord de l'Angleterre.

Jack Straw et Tom Miller, faisoient leurs adieux à Wat-Tyler, et alloient partir pour exécuter ses ordres, quand Piers se présenta devant eux. Il étoit pâle, défait, couvert de sueur et de poussière, et pouvoit à peine parler.

— Où est ma fille? s'écria Wat-Tyler.

— Perdue! perdue! répondit Piers.

—Quoi! demanda Jack Straw, a-t-elle été tuée?

— Non. Elle est prisonnière; on l'emmène.

—Prisonnière! s'écria Wat-Tyler; que veut dire cela? on n'a fait aucun prisonnier de part ni d'autre.

— Cela n'est pourtant que trop sûr. Je l'ai vu de mes propres yeux; et ce n'est point à Londres qu'on la conduit.

Piers étoit trop agité pour mettre beaucoup d'ordre et de suite dans son récit. A force de le questionner, on apprit pourtant qu'ayant été séparé d'Alix dans la mêlée, il s'étoit mis à la poursuite des fuyards avec un grand nombre de ses compagnons; que lors-

qu'on avoit renoncé à les poursuivre
davantage, il étoit sur le point de revenir avec eux, quand il avoit vu une
dizaine de cavaliers se détacher de la
troupe qui se retiroit vers Londres, et
se jeter sur la droite en courant à travers champs. Cette circonstance l'ayant
frappé, il s'étoit arrêté pour les suivre
des yeux, et il avoit entendu s'élever
au milieu d'eux un cri perçant, et prononcer son nom. C'étoit Alix, qui l'a-
voit reconnu, et qui l'appeloit à son
secours. Elle étoit sur le cheval d'un
cavalier qui la retenoit de force, et les
autres sembloient lui servir d'escorte.
Piers appela quelques-uns de ses compagnons, et se mit avec eux à leur
poursuite; mais ils étoient à pied, les
cavaliers étoient bien montés, et ils
les perdirent bientôt de vue. Ses ca-
marades désespérant de les atteindre,

avoient refusé de les suivre plus loin, et l'avoient ramené à Blackheath presque malgré lui.

Quoique satisfait d'apprendre que sa fille vivoit encore, Wat-Tyler n'en conservoit pas moins les plus vives inquiétudes sur son sort. Comme Jack Straw et Tom Miller alloient marcher sur la même direction que paroissoient avoir suivie les ravisseurs d'Alix, il leur recommanda de prendre, chemin faisant, des renseignemens sur ce qu'elle pouvoit être devenue, et Piers se détermina à les accompagner, bien résolu de s'occuper principalement de la recherche de celle qu'il aimoit.

Les deux troupes se séparèrent alors. Wat-Tyler et Hob Carter marchè-

rent sur Londres à la tête d'environ
soixante mille hommes, et une dizaine
de mille suivirent les deux autres
chefs, dans la direction de Greenwich.

CHAPITRE V.

« Le tumulte au-dedans, le péril au-dehors,
Et partout le débris, le carnage et les morts. »

VOLTAIRE.

Nous avons vu Alix, malgré les représentations de son père et de son amant, vouloir rester dans les premiers rangs des combattans. Mais quand elle vit la mort frapper à ses côtés des victimes sans nombre, quand

elle entendit les cris des blessés; les
gémissemens des mourans, les horri-
bles imprécations des révoltés; quand
surtout elle vit massacrer de sang-froid
des hommes qui avoient rendu les armes, et qui demandoient quartier,
combien elle auroit voulu se trouver
loin de cette scène d'horreur! Combien elle se reprocha le mouvement de
ressentiment qui l'y avoit conduite!
Combien elle regretta que son père et
ses amis fussent les principaux auteurs de cette sanglante tragédie! il
étoit trop tard. Les flots de la multitude qui la suivoit la poussoient toujours en avant, et quand toute l'armée s'ébranla après la malheureuse
charge de cavalerie, elle fut entraînée
par la foule, et portée bien loin de
Piers, qui fit d'inutiles efforts pour la
rejoindre.

Nous avons dit que les rangs de la
cavalerie ayant été rompus, elle s'é-
toit ralliée en différens pelotons qui,
tout en se défendant avec courage,
cherchoient à faire retraite pour se
réunir à l'arrière-garde, commandée
par Walworth. Alix, au milieu de la
mêlée, se trouva près d'un de ces petits corps, où douze a quinze cavaliers combattoient avec intrépidité
quoique entourés d'ennemis de toutes
parts. Celui qui en paroissoit le chef
se retourna pour donner un ordre, et
un des révoltés, profitant de cet instant, lui porta par derrière un coup de
pique qui l'auroit percé, si Alix, ir-
résistiblement poussée par un mouvement de cette humanité si naturelle à
son sexe, n'en eût brisé le bois d'un
coup de sabre en poussant un grand
cri. Le duc d'Hereford, car c'étoit lui,

jeta un coup d'œil sur l'être généreux
qui, quoique parmi les rangs des rebelles, venoit de lui sauver la vie, et
ses yeux exercés reconnurent sur-le-
champ que c'étoit une jeune fille, et
une jeune fille charmante.

Un autre peloton, composé d'une
trentaine de cavaliers rangés autour du
comte de Rutland, se faisoit jour en ce
moment à travers les rangs des révoltés,
pour dégager le duc d'Hereford et sa
petite troupe, et Alix se trouva placée
entre ce détachement et celui dont elle
venoit de sauver le chef.

— Epargnez ce jeune homme, s'é-
cria le duc en montrant du doigt
Alix aux cavaliers, qui sabroient indis-
tinctement les rebelles qui les séparoient
encore de ceux qu'ils venoient secourir,

et comme il les attaquoit aussi de son côté, Alix se trouva bientôt seule au milieu des ennemis de son parti. Il la fit mettre sur un cheval en avant d'un de ses cavaliers, l'assura qu'elle n'avoit rien à craindre; et, la plaçant au centre de son escadron, parvint à arriver jusqu'au corps de réserve, quoique obligé de combattre à chaque instant.

Eh bien! comte, dit le duc d'Hereford à lord Rutland dans un des courts momens de répit que leur laissoient les attaques multipliées de leurs ennemis, j'ai perdu la bataille; mais j'ai gagné une jolie prisonnière; c'est une compensation.

— Prise les armes à la main, dans les rangs des rebelles! dit le comte en secouant la tête : je crains bien que,

toute femme qu'elle est, le conseil,
quand elle arrivera à Londres....

— Elle n'y entrera pas.

— Qu'est-ce donc que votre grâce
compte en faire ?

— Vous ne l'avez pas regardée,
Rutland, ou vous ne me feriez pas
cette question.

— J'entends, oui, elle est vraiment
charmante.—Mais où allez-vous la conduire ?

— Dans mon château de la forêt
d'Epping.

— Vous n'y songez pas, Milord ;
la duchesse....

— Est absente ; — dans le Northumberland.

— Mais vos gens....

— Vous leur direz que c'est une prisonnière qu'ils doivent garder avec soin, mais traiter avec respect.

— C'est donc moi qui vais être chargé de....

— Vous-même, comte, et quand on aura mis cette canaille à la raison, vous irez la reprendre; et vous la conduirez dans votre maison de Chelsea...

— Votre grâce pourroit dire dans la sienne.

— Entre nous, sans doute ; mais aux yeux du monde elle est censée vous appartenir. De cette manière, mon nom ne paroîtra en rien dans toute cette affaire.

— Votre grâce peut disposer de moi en toutes choses ; mais pourquoi ne pas la conduire de suite à Chelsea ?

— Chelsea est trop près de Londres. Qui sait la tournure que les choses peuvent prendre ?

— Votre château n'en est qu'à cinq lieues.

— D'accord ; mais, en traversant la forêt, il est facile de gagner Harwich, et de s'y embarquer soit pour le continent, soit pour une autre partie d'Angleterre.

La conversation fut interrompue par une nouvelle attaque ; mais ce fut la dernière ; ils rejoignirent Walworth, à qui presque toute la cavalerie étoit déjà réunie, et ayant fait une trouée à

3*

travers le corps de Jack Straw , ils
n'eurent plus à soutenir que quelques
escarmouches , et quand ils furent environ à mi-chemin de Londres , il ne
restoit plus d'ennemis à leur poursuite.

Ce fut alors que le duc fit partir le
comte de Rutland avec Alix , et lui
donna une escorte de dix cavaliers.

— Votre grâce ne sait peut-être pas
quelle est sa prisonnière ? lui dit le
comte au moment de le quitter.

— Non, que m'importe ? je sais
qu'elle est jolie.

— C'est la fille de Wat-Tyler.

— Du chef des rebelles ! tant mieux !
j'aurai deux plaisirs en même-temps,
amour et vengeance. Mais comment
l'avez-vous appris ?

— Un de nos cavaliers a servi en France avec Wat-Tyler ; il va quelque fois chez lui , il a reconnu sa fille ; elle se nomme Alix.

— Fait-il partie de l'escorte ?

— Non.

— C'est bien , il ne faut pas qu'il sache où nous la conduisons ; cet homme pourroit nous trahir.

Ils se séparèrent , le duc pour continuer sa retraite vers Londres ; le comte pour passer la Tamise à Greenwich.

La ville de Londres fut plongée dans une consternation qu'il seroit difficile de décrire , quand on y vit rentrer les restes de la petite armée royale, affoiblie par une perte de plus de six cents

hommes. On croyoit déjà voir les révoltés y entrer et mettre tout à feu et à
sang. Chacun cachoit ses effets les plus
précieux, et pensoit déjà à quitter la
capitale, et à prendre la fuite du côté
du nord.

Le conseil d'administration s'assem-
bla sur-le-champ; et tous les avis sembloient s'accorder pour faire embarquer
le roi sur la Tamise, et le conduire par
mer à Scarborough, d'où l'on pourroit
aisément envoyer des ordres à l'armée
qui étoit sur les frontières d'Écosse.

Walworth osa seul s'élever contre ce
conseil pusillanime. Il représenta que
le départ du roi seroit le signal de la
fuite de la moitié des habitans de
Londres, jetteroit le découragement
dans l'âme de ses plus fidèles serviteurs,

inspireroit une nouvelle audace aux révoltés, leur livreroit la capitale et tous
ses environs, et contribueroit à pro-
pager l'esprit de rébellion dans les pro-
vinces, en donnant aux succès des
révoltés plus d'importance qu'ils n'en
méritoient. Le roi pouvoit s'enfermer
dans la Tour de Londres. Là, gardé par
de fidèles sujets, il pourroit braver les
efforts des rebelles, et attendre les secours qui lui arriveroient infailliblement
des comtés du nord de l'Angleterre.

Richard II, quoique encore bien
jeune, ne manquoit ni de courage ni
de hardiesse, et quand il n'étoit pas
sous l'influence de ses oncles, il savoit
prononcer un je le veux, aussi ferme-
ment qu'aucun monarque que ce soit.
Il étoit présent à cette délibération, et
adoptant l'avis du maire de Londres,

il déclara formellement qu'il ne quitte-
roit pas sa capitale, et le conseil n'osa
s'opposer à sa détermination. Il fut cependant décidé qu'on enverroit la jeune
reine ainsi que la mère du roi à Wind-
sor ; et elles partirent dans la soirée.

On eut soin de répandre dans le public le bruit de la résolution du roi,
et l'on ne songea plus qu'à se mettre en
état de défense contre les révoltés. La
cité de Londres avoit des portes à cette
époque : Walworth les fit fermer, et
y plaça une bonne garde de citoyens,
d'une bravoure et d'une fidélité éprou-
vées. Un seul pont, nommé le pont de
Londres, pont qui existe encore, mais
qu'il est question de reconstruire,
donnoit entrée dans la ville du côté
de la Tamise ; mais il étoit également

défendu par une porte solide qui fut
pareillement fermée. Il fit aussi établir
des barricades dans les principales rues,
et délivra des armes à tous les citoyens
bien connus qui se présentèrent pour
coopérer à la défense de la capitale. Le
nombre en fut considérable ; mais un
symptôme qui pouvoit inspirer quelques inquiétudes, c'étoit que les classes
inférieures, celles qu'on peut comprendre sous le nom de populace, regardoient ces préparatifs d'un air froid
et insouciant. Nulle disposition à la révolte ne se manifestoit; mais on n'y
voyoit aucun esprit de patriotisme,
aucun élan de zèle pour le roi , aucun
mouvement d'indignation contre les rebelles. Cette portion du peuple sembloit
attendre l'événement dans une sorte
d'apathie , et s'inquiéter fort peu à qui
resteroit la victoire.

Ce qu'on appelle la Tour de Londres
devroit plutôt porter le nom de cita-
delle ; car, dès l'époque dont il s'agit, il
s'y trouvoit plusieurs tours et divers bâtimens servant de caserne, de logemens
pour les officiers et gouverneurs, une
église, et même un palais pour le souverain qui l'habitoit quelquefois. On en
attribue la fondation à Jules César,
mais la seule preuve qu'on puisse en
donner, c'est qu'une des tours porte
encore le nom de César. La grande
tour qui est au centre a été construite par
Guillaume le Conquérant ; Guillaume
le Roux y ajouta de nouvelles fortifica-
tions ; Richard Cœur-de-Lion l'entoura
d'un mur de pierre et d'un fossé ; enfin
Henri III y ajouta des portes et des
boulevards. Tel étoit, sous le règne de
Richard II, le bâtiment connu sous le
nom de Tour de Londres, et que plu-

sieurs roi d'Angleterre ont encore con-
sidérablement augmenté et fortifié depuis ce temps. C'étoit une prison d'état,
et le dépôt des armes ou l'arsenal s'y
trouvoit aussi. Il n'y existoit que deux
portes, l'une donnant sur la Tamise,
et à laquelle on ne pouvoit arriver que
par eau ; l'autre à l'ouest, donnant sur
le fossé et défendue par un pont-levis.

La place étoit déjà assez bien avi-
taillée, et Walworth ne perdit pas un
instant pour y faire entrer de nouvelles
provisions de toute espèce. Quant à
l'eau, on ne craignoit pas d'en man-
quer, la Tamise coulant au pied de la
Tour. La garnison en fut composée des
troupes revenues de Blackheath, et
Walworth y ajouta encore deux cents
citoyens de Londres, ce qui portoit à
environ cinq cents hommes ce que

·nous pouvons appeler la garde natio-
nale, quoique cette dénomination fût
inconnue alors.

Enfin, pour dernière précaution, on
fit placer sur la rive gauche de la Tamise toutes les barques qui se trouvoient
sur ce fleuve, et l'on défendit, sous peine
de mort, d'en faire passer aucune sur
l'autre rive, qu'on s'attendoit à voir in-
cessamment au pouvoir des révoltés.

Le roi, le conseil d'administration,
et tous les grands officiers de la couronne, entrèrent dans la Tour vers sept
heures du soir, ainsi que tout ce qui
composoit alors la maison du roi, qui
n'étoit pas encore à cette époque aussi
nombreuse qu'elle le devint quelques
années après; car les historiens nous
apprennent qu'après la majorité de Ri-

chard II, il s'y trouvoit dix mille bou-
ches à nourrir tous les jours. Une heure
après, le bruit se répandit dans la ville
que les révoltés venoient d'entrer dans
Southwark et y commettoient toutes
sortes d'excès. Il fut impossible de douter de la vérité de ce rapport, lorsque,
la nuit étant venue, on vit l'horizon,
du côté du midi, se charger d'une
lueur rougeâtre; et des colonnes de
flammes s'élançant dans les airs sur différens points, dans la même direction,
annonçoient trop évidemment l'ouvrage
de leurs mains incendiaires.

Le fait n'étoit que trop véritable.
Wat-Tyler, après avoir laissé le repos
nécessaire à ses troupes victorieuses,
s'étoit mis en marche sur Londres. En
rejoignant la route qui conduit dans
cette ville, ces furieux virent un bril-

lant cortége qui s'y rendoit, et leurs
yeux en furent offusqués. C'étoit la
princesse de Galles, la mère du roi, qui
revenoit de Cantorbéry, où, suivant
l'usage du temps, elle avoit été faire un
pèlerinage. Ils insultèrent les personnes
de sa suite, mais ils respectèrent en elle
la veuve du Prince Noir, et se conten-
tèrent de la forcer à embrasser quelques
uns de leurs chefs, en signe de frater-
nité; après quoi ils la laissèrent continuer sa route.

Aucun obstacle ne retarda leur marche, et ce fut au bruit des acclamations
d'une populace qui étoit prête à se
joindre à eux, et qui les attendoit avec
impatience, qu'ils entrèrent dans Southwark. C'étoit un bourg assez considérable, faisant aujourd'hni partie de
Londres, quoique situé sur l'autre rive

de la Tamise, et qui en étoit alors séparé
par des champs maintenant couverts de
maisons, et qui forment un des beaux
quartiers de cette ville. Il étoit principalement habité par des cultivateurs et
des artisans, mais il s'y trouvoit un
grand nombre de belles maisons de
campagne appartenant à de riches habitans de Londres, et ce fut ce qui
détermina Wat-Tyler à y faire une
halte.

Toutes les maisons qui n'étoient pas
destinées à l'habitation de la canaille
furent pillées. Les habitans qui n'é-
toient coupables que du crime d'être
riches rachetèrent leur vie à force
d'argent; ceux qui y joignoient celui
d'être nobles furent massacrés sans miséricorde, et leurs maisons furent in-
cendiées. On arrêta le bailli et ses deux

assesseurs qui cherchoient à s'enfuir, et Wat-Tyler les fit pendre sur la place publique. Il porta l'insolence bien plus loin, car s'étant emparé de la personne d'un gentilhomme de la chambre du roi, il lui laissa la vie à condition qu'il porteroit sur-le-champ un message de sa part à ce monarque. Par ce message, il invitoit Richard II à venir conférer avec lui sur les moyens de rétablir la paix dans le royaume en rendant au peuple les droits qu'il tenoit de Dieu et de la nature, et en réprimant la tyrannie de ses oncles, de l'archevêque de Cantorbéry, et de ses autres conseillers, qui gouvernoient mal l'état. Il ajoutoit qu'il attendroit le roi à Southwark le lendemain jusqu'à midi, et qu'à cette heure, si Richard n'étoit pas arrivé, il entreroit dans Londres et se chargeroit lui-même de

rendre au peuple la justice qui'il récla-
moit.

Nous verrons dans un autre chapitre
les événemens qui suivirent ce message.

CHAPITRE VI.

« Il faut, autant qu'on peut, obliger tout le monde :
On a souvent besoin d'un plus petit que soi. »

LA FONTAINE.

LE comte de Rutland étoit un de
ces courtisans qu'une bassesse et même
un crime n'effraient pas, quand il s'agit
de gagner les bonnes grâces du maître.
S'étant attaché à la fortune du duc
d'Hereford, il n'avoit pas rougi de

devenir le ministre secret de ses plaisirs.
Il nourrissoit les vices de ce prince
parce qu'il y trouvoit son intérêt, et il
en entretenoit l'ambition parce que
c'étoit sur l'élévation du duc qu'il
fondoit l'espoir de la sienne. Du reste
il lui étoit si peu attaché que lorsque
son protecteur fut devenu roi d'Angleterre, il forma avec trois des plus grands
seigneurs de la cour une conspiration
pour le renverser du trône. Craignant
ensuite de ne pas réussir, il se rendit le
dénonciateur des autres, et mérita
sa grâce en présentant lui-même à
Henri IV la tête d'un de ses complices,
de son propre beau-frère, de lord
Spencer, qu'il avoit lâchement assassiné
de sa propre main.

Tel étoit l'homme que le duc d'Hereford venoit de charger de conduire

dans son château une jeune fille dont
les attraits l'avoient frappé dès l'instant
qu'il l'avoit aperçue, et qu'il avoit dessein de récompenser de lui avoir sauvé
la vie, en lui ravisssant l'honneur. Il
ne pouvoit choisir un plus digne exé-
cuteur de ses volontés; le cœur de
bronze du comte ne se seroit laissé
attendrir ni par les larmes ni par les
prières, et son âme de boue étoit aussi
inaccessible à l'humanité qu'à la vertu.

Aussi simple qu'innocente, Alix n'a-
voit pas le moindre soupçon des projets
qu'on avoit sur elle, et se regardant
comme prisonnière de guerre, elle se
soumit à sa destinée sans faire d'inutiles
efforts pour émouvoir en sa faveur
ceux qui étoient devenus les gardiens de
sa personne. Il lui sembloit seulement
que le chef dont elle avoit sauvé les

jours auroit bien pu, par reconnoissance, lui laisser la liberté; et cette
idée enracina plus fortement que jamais
dans son esprit les préjugés qu'elle
avoit conçus contre les riches, les
nobles et les grands.

A l'instant où elle se sépara du petit
corps d'armée qui se retiroit vers Londres, elle aperçut Piers à quelque distance et l'appela en poussant un grand
cri, moins pour lui demander des
secours qu'il ne pouvoit lui donner,
que pour calmer ses inquiétudes en
l'assurant qu'elle vivoit encore. Ce cri
fut pour ses conducteurs un signal qui
les fit redoubler de vitesse, et ils cou-
rurent au grand galop jusqu'à Greenwich.

Après avoir traversé la Tamise, elle

rompit enfin le silence qu'elle avoit
constamment gardé jusqu'alors, et se
tournant vers le comte de Rutland, qui
avoit toujours marché à côté du cavalier
sur le cheval duquel on l'avoit placée :
— La prison où vous me conduisez
n'est donc pas à Londres ? lui demanda-
t-elle.

— Je ne vous mène pas en prison,
ma belle enfant.

— Et où me conduisez-vous donc ?

— Dans le château du seigneur dont
vous avez sauvé les jours.

— Et pourquoi m'y conduisez-vous ?

— Parce qu'il veut vous prouver sa
reconnoissance du service que vous lui
avez rendu.

— Cela lui est bien facile, il n'a qu'à me remettre en liberté.

— Vous changerez d'avis quand vous apprendrez le sort brillant qu'il vous destine.

— Je ne lui demande que la permission d'aller rejoindre mon père.

— Vous n'y penserez plus quand vous aurez goûté les plaisirs du monde, quand vous serez environnée de toutes les jouissances du luxe, de la grandeur et de la fortune.

— Je ne veux pas les connoître, et si le seigneur dont vous me parlez a de si bonnes intentions pour moi, prouvez-le - moi en me permettant de m'en aller.

Et en même temps elle fit un mouvement pour descendre de cheval.

— Doucement, doucement, jeune fille, dit le comte; songez que vous êtes prisonnière, et que ce n'est pas à moi qu'il appartient de décider de votre sort.

Alix ne répondit rien. Elle vit bien que tout ce qu'elle pourroit dire seroit inutile, et garda de nouveau le silence jusqu'à son arrivée au lieu de sa destination.

Le duc d'Hereford avoit, suivant la coutume du temps, plusieurs châteaux bien fortifiés, mais ils étoient situés dans le nord de l'Angleterre, et celui qu'il occupoit près de la forêt d'Epping n'étoit, à proprement parler,

qu'une maison de plaisance que son
épouse habitoit presque toujours. Elle
étoit dans la situation la plus roman-
tique qu'on puisse imaginer. De belles
prairies, arrosées par le Roding, s'é-
tendoient en face à perte de vue ; sur
la gauche s'élevoit une petite colline
couverte des champs les mieux cultivés ;
dans le lointain, à droite, on aperce-
voit un petit hameau peuplé d'habitans
industrieux ; et derrière les murs du
parc, commençoit la belle forêt d'Epping, qui couvroit alors une grande
partie du comté d'Essex, et dont il
n'existe plus aujourd'hui que de faibles
restes.

La duchesse d'Hereford étoit une
femme jeune, belle, aimable et vertueuse ; mais la réunion de toutes ces
qualités n'avoit pu fixer son volage

époux. Le duc, qui joignoit l'hypocrisie
à ses autres bonnes qualités, avoit
cherché à lui dérober la connoissance
de ses désordres, mais quelques-unes
de ses galanteries avoient été trop no-
toires pour échapper à l'œil clairvoyant
d'une épouse que la jalousie éclairoit ;
cependant elle ne lui avoit jamais fait
entendre aucune plainte, et c'étoit
dans le sein de la religion qu'elle cherchoit des consolations.

Elle étoit fille du comte de Northumberland, et avoit perdu sa mère
dans sa première enfance. Chérissant
tendrement son père, elle avoit demandé à son époux la permission d'aller
passer l'été dans ses domaines; et celui-
ci, qui ne voyoit dans l'absence de sa
femme qu'une facilité de plus pour se
livrer sans contrainte à toutes ses fan-

taisies, y avoit consenti bien volontiers. Il ne faut pourtant pas croire qu'il
ne l'aimoit pas; il l'aimoit autant qu'un
homme de son caractère peut aimer.
Mais c'étoit un amour qui n'étoit nul-
lement exclusif ; son cœur étoit un
miroir qui réfléchissoit constamment
les traits de son épouse, quoique d'autres images vinssent successivement s'y
peindre quelques instans. S'il eût cru
la duchesse dans son château, jamais
il n'eût pensé à y envoyer Alix, et le
comte de Rutland ne pouvoit en douter. Quelle fut donc sa consternation
lorsqu'en y arrivant il apprit que la
duchesse étoit de retour depuis vingt-
quatre heures ! Il auroit volontiers re-
monté à cheval sur-le-champ, et
disparu avec sa prisonnière ; mais à
l'instant où toute son escorte entroit
dans la seconde cour, et tandis qu'il

6*

aidoit Alix à descendre de cheval, il
avoit vu la duchesse sur un balcon ;
que penseroit-elle d'un si brusque départ? et cependant que pouvoit-il lui
dire ?

Il réfléchissoit encore sur la conduite
qu'il devoit ténir, quand un page de la
duchesse vint l'inviter de sa part à
monter au salon. Il n'y avoit plus à
balancer ; une pareille invitation étoit
un ordre auquel il ne pouvoit refuser d'obéir sans se rendre suspect, et
il se présenta devant elle, fort embar-
rassé de sa personne, mais en tâchant
d'affecter toute l'aisance d'un courtisan.

La duchesse méprisoit souveraine-
ment le comte de Rutland. Si la haine
avoit pu pénétrer dans un cœur qui
étoit l'asile de toutes les vertus, nous

dirions même qu'elle le haïssoit, car elle le regardoit comme le principal corrupteur de son mari. Elle étoit trop franche pour avoir jamais dissimulé les sentimens qu'il lui inspiroit ; le comte savoit donc fort bien qu'il ne devoit ni à son estime, ni à son affection, l'invitation qu'il venoit de recevoir, et cette circonstance ajoutoit encore à son embarras.

— Je ne m'attendois pas, lui dit-elle, à voir le comte de Rutland arriver chez moi, armé de pied en cap, et avec une escorte d'hommes d'armes comme s'il vouloit faire le siége de mon château. Je ne prends pas pour moi l'honneur de cette visite, car vous deviez croire que j'étois dans le Northumberland. Les ordres de son altesse royale le duc de Glocester ont obligé mon père à aller le joindre tout à coup à l'armée d'Écosse, et me trouvant seule chez lui, j'ai pris le parti de revenir dans ma solitude. Telle est la cause qui fait que vous m'y trouvez. Maintenant puis-je savoir quelle est celle qui vous y amène ?

— Milady, répondit le comte en hésitant, sa Grâce le duc d'Hereford m'a chargé de conduire ici un prisonnier, c'est-à-dire une prisonnière.

— Une prisonnière qu'on envoie dans mon château ! cela me semble bien extraordinaire. Et pourquoi lui a-t-on choisi une telle prison ? Pouvez-vous me l'expliquer ?

— Oui, Milady, sans doute. Votre Grâce a peut-être entendu parler de la

révolte des vilains des comtés de Kent
et de Surrey; leur force est redoutable.
C'est une prisonnière importante, la
fille du chef des rebelles, de Wat-
Tyler, et... le duc a pensé que... que
ce château.....

— Je vous comprends, comte, je
vous comprends fort bien. Le duc a eu
raison ; la Tour de Londres n'étoit pas
assez forte pour garder une prisonnière
de cette importance ; et mon château,
quoiqu'il ne s'y trouve ni cachots ni
donjon... Mais je veux la voir, qu'on
la fasse venir. C'est sans doute une hé-
roïne, une nouvelle comtesse de Montfort, quoiqu'elle soit d'un sang moins
illustre (1).

---

(1) La souveraineté du duché de Bretagne
étant disputée entre le comte de Montfort

Alix fut amenée devant la duchesse.
Eblouie par la magnificence des appartemens qu'elle avoit traversés, et
intimidée en apprenant qu'elle alloit
paroître devant une dame d'un si haut
rang, elle s'arrêta à la porte, les yeux
baissés, et le visage couvert de rougeur, sans même remarquer le costume

---

qui étoit en possession, et Charles de Blois,
qui en avoit obtenu l'investiture du roi de
France, et le premier ayant été fait prisonnier par les Français et enfermé dans la tour
du Louvre, la comtesse de Montfort, en
1342, prit son fils entre ses bras, et le recommanda à la fidélité des habitans de
Rennes; et, se mettant à la tête des troupes
de son mari, se jeta dans Hennebon, assiégé
par Charles de Blois, le força ensuite à en lever le siége, et fit en diverses occasions des
prodiges de valeur.

brillant de la duchesse. Suivant la mode
de ce temps, elle portoit une robe de
soie, dont chaque manche et chaque
côté étoit de couleur différente. Cette
robe étoit serrée sur sa taille par une
ceinture richement brodée en or, dans
laquelle étoit passé un poignard dont le
manche en ivoire étoit d'un travail ex-
quis. Sa collerette de belle dentelle ne
montoit pas très-haut. Elle portoit par-
dessus sa robe des poches brodées en or
et en argent. Ses cheveux, frisés avec
beaucoup d'art, s'élevoient à deux pieds
au-dessus de sa tête, et étoient surmontés
par un petit bonnet d'où partoient de
larges rubans de soie qui tomboient jusqu'à terre. A sa ceinture étoit suspendue une montre qui n'étoit guère plus
grande que celles qu'on porte aujour-
d'hui, enfermée dans une caisse d'argent émaillée en bleu. Son nom étoit

gravé sur le cadran qui étoit recouvert, non par un verre, mais par une corne transparente. Ce dernier bijou étoit encore rare à cette époque.

—Avancez, lui dit la duchesse. — Elle est vraiment fort bien. Votre mission est remplie, comte ; je ne vous retiens pas. Vous rendrez compte au duc que vous avez exécuté ses ordres en conduisant votre prisonnière dans mon château, et vous lui direz que son épouse s'y est trouvée pour la recevoir.

Le comte de Rutland la salua respectueusement, remonta à cheval, et partit la rage et le désespoir dans l'âme. Il connoissoit la violence des passions du duc, et il ne doutoit pas qu'il ne le rendît responsable du fâcheux ré-

.sultat de son voyage. La duchesse ne lui avoit pas même offert de rafraîchis-semens, et il en avoit besoin, ainsi que son escorte. Il avoit un château dans le même comté à environ deux lieues de celui du duc d'Hereford ; il résolut donc d'y aller passer la nuit, et d'en partir le lendemain à la pointe du jour pour retourner à Londres.

— Jeune fille , dit la duchesse à Alix , lorsque le comte fut parti , vos yeux baissés , votre rougeur, la honte que vous inspire ma présence ; me prouvent assez que vous savez dans quelles vues on vous amenoit ici pendant qu'on m'en croyoit absente. Vous ne pouvez conserver de tels vêtemens. Mes femmes vont vous ouvrir ma gar-derobe, et vous choisirez parmi mes atours ceux qui vous plairont davantage.

— Madame ! dit Alix, en la regardant d'un air surpris et interdit.

— Sans doute, continua la duchesse, je dois remplir les intentions de mon mari. Il n'est rien de trop riche ni de trop précieux pour la maîtresse du duc d'Hereford.

Ce peu de mots suffit pour dessiller les yeux d'Alix. Elle sentit en un instant tout le danger de sa situation, et perdant toute sa timidité, elle se précipita aux genoux de la duchesse et ne put que s'écrier en sanglotant : — Oh ! Madame, sauvez-moi ! sauvez-moi !

— Relevez-vous, mon enfant, lui dit la duchesse avec bonté, j'ai voulu vous éprouver, et votre douleur est pour moi une preuve certaine de votre

innocence. — Oui, je vous sauverai,
dussé-je m'exposer aux reproches et à
la colère du duc. Mais pour cela, il
faut que vous quittiez ce château, car
je ne doute pas qu'on ne trouve bientôt
quelque prétexte pour vous en faire
sortir. Avez-vous quelque asile où vous
puissiez vous retirer ?

—Je ne désire que de rejoindre mon
père, répondit Alix avec timidité.

— Votre père ! Ne s'est-il pas mis à
la tête des insensés qui commettent en
ce moment mille ravages de l'autre
côté de Londres ? c'est du moins ce
que le comte de Rutland vient de me
dire.

Alix baissa les yeux sans lui répondre.

— Je vois que, du moins en cela, le comte ne m'a pas trompée. Mais n'en rougissez pas, mon enfant, je suis trop juste pour vous faire un crime d'être la fille du chef des rebelles.

— Ce ne sont pas des rebelles, Madame.

— Non? Et quel nom donnerez-vous à des gens qui prennent les armes pour forcer leur souverain à se soumettre à leur volonté; qui pillent et qui massacrent ses sujets, qui incendient leurs habitations? Mais ce n'est pas le moment de chercher à vous détromper des erreurs dans lesquelles vous avez été entraînée; je ne veux songer qu'à votre sûreté. Vous désirez aller retrouver votre père! Vous ne connoissez donc pas tous les dangers

que court une jeune fille au milieu de
gens armés ?

— Je ne les ai que trop éprouvés ,
dit Alix en soupirant , et fasse le ciel
que je ne voie plus de scènes semblables
à celles dont mes yeux ont été témoins
ce matin !

— Et qu'avez-vous donc vu ?

Alix lui donna les détails de l'affaire
qui avoit eu lieu à Blackheath , et dont
la duchesse n'avait pas encore connoissance.

— Vous avez raison, mon enfant ;
puisse le ciel vous préserver de revoir
jamais un si horrible spectacle ! Suivez
mes conseils, vous m'inspirez de l'intérêt, et je veux veiller moi même à

votre sûreté. Je ne blâme pas votre
désir de rejoindre votre père. Quoiqu'il
soit rebelle à son roi, vous n'en êtes
pas moins sa fille; mais ce n'est pas en
ce moment que vous devez songer à
aller partager sa bonne ou sa mauvaise
fortune. J'ai en ce château un vieux
ménestrel qui m'est tout dévoué, un
ancien serviteur de mon père, sur la
fidélité duquel je puis compter. Demain
à la pointe du jour vous partirez avec
lui, il vous conduira à l'abbaye d'Abing;
l'abbesse est ma cousine, il vous re-
commandera à elle de ma part, et vous
resterez dans son couvent jusqu'à la fin
des troubles qui agitent ce malheureux
pays. Si les circonstances permettent
alors votre réunion avec votre père,
je ne m'y opposerai pas, je la faciliterai
même. Dans le cas contraire, soyez
sans inquiétude, je ne vous perdrai pas

de vue, et si vous êtes telle que j'aime
à le croire, je vous rendrai indépen-
dante des événemens. En attendant,
prenez cette bourse. — Prenez-la, je
l'exige, et regardez-la comme un gage
de ce que j'ai dessein de faire pour
vous.

— Ah! Madame, s'écria Alix, en
se jetant de nouveau à ses pieds, tant
de bontés..... Est-il possible que vous
soyez duchesse!

— Oui, mon enfant, très-possible.
On vous a peint les grands comme des
loups dévorans, le peuple comme des
agneaux qu'ils déchirent. Vous voyez
pourtant aujourd'hui ces agneaux se
changer en tigres dont la fureur ne
respecte rien. Quand vous connaîtrez
mieux le monde, vous verrez que le

ciel a réparti une proportion égale de
vertus et de vices dans toutes les condi-
tions, et que la vertu peut habiter le
cœur du riche tout aussi bien que celui
du pauvre.

— Comment pourrois-je en douter
maintenant? s'écria Alix.

La duchesse lui fit donner des vêtemens convenables à son état, lui fit
servir des rafraîchissemens, la fit cou-
cher dans la chambre d'une de ses
dames ; et le lendemain, au lever de
l'aurore, Alix partit avec le vieux ménestrel, à qui la duchesse avoit donné
la veille les instructions nécessaires.

CHAPITRE VII.

« Vous chantiez ? j'en suis fort aise.
Eh bien, dansez maintenant. »

LA FONTAINE.

ALIX, en sortant du château, suivit son guide, qui, suivant l'usage constant des ménestrels, portoit sa harpe en bandoulière. Entièrement absorbée dans ses réflexions, à peine faisoit-elle

attention à lui, et elles rouloient principalement sur un seul point. Elle
cherchoit à comprendre comment il
étoit possible qu'une femme de haute
naissance, une dame de la cour, une
duchesse, l'épouse d'un prince du sang
royal, fût bonne, généreuse et com-
patissante ; cela renversoit toutes ses
idées, et elle ne pouvoit facilement y
renoncer.

— Allons, jeune fille, allons, lui
dit le vieux ménestrel, point de réflexions mélancoliques; consolez-vous;
la duchesse m'a conté toute votre histoire, mais soyez sans inquiétude, vous
avez eu le bonheur de trouver une
protectrice aussi bienfaisante qu'elle est
noble, et elle ne vous abandonnera pas.

— Et cependant c'est une duchesse!
dit Alix.

— Sans doute, et c'est pour cela qu'elle a le pouvoir de faire plus de bien. Nous autres pauvres, nous sommes bien heureux qu'il y ait des riches, car sans eux que deviendrions-nous ? qui nous aideroit à gagner notre vie ?

— Mais s'il n'y avoit pas de riches, il n'y auroit pas de pauvres.

— C'est-à-dire chacun le seroit, ou le deviendroit bien vite. Chacun voudroit vivre pour soi, personne ne songeroit à son voisin, et en supposant que tout le monde eût aujourd'hui une portion égale dans les biens de la terre, trois jours ne se passeroient pas avant qu'il y eût encore des riches et des pauvres, car une bonne conduite enrichiroit les uns, tandis que le désordre ruineroit les autres.

— C'est pourtant vrai !

— Tel que vous me voyez, j'ai
soixante-dix ans, et il y en a soixante-
huit que je serois mort de faim et de
misère sans les nobles et les riches ; c'est
à eux que je dois tout le bonheur que
j'ai éprouvé pendant ma vie. Ma mère
étoit morte en me donnant le jour ;
mon père, qui n'étoit qu'un pauvre
journalier, mourut deux ans après, et
il ne me restoit ni parens, ni amis. Le
digne seigneur de mon village, le
comte d'Albemarle, prit pitié de moi
et me fit élever. Ayant appris que j'a-
vois une belle voix et des dispositions
pour la poésie, il me fit instruire dans
la gaie science, et me mit ainsi le pain
à la main. Je devins ménestrel, les
grands seigneurs m'accueillirent ; j'eus
le bonheur de plaire au véritable comte

de Northumberland; il me prit à son service; je ne le quittai que pour passer à celui de sa vertueuse fille quand elle épousa le duc d'Hereford, et j'espère bien mourir chez elle. — Mais vous ne m'écoutez pas, pourquoi rêver ainsi? Allons, je veux vous distraire de vos pensées; je vais vous chanter un de mes lais.

Et il chanta ce qui suit :

Ai connu gente jouvencelle,
(Point n'avois lors des cheveux gris)
Étoit accorte autant que belle ;
  En fus épris.
Quelques lais, beaucoup de tendresse,
Point ne possédois d'autre bien ;
Et quant à Rose, attraits, sagesse,
  Étoïent le sien.

Jeune seigneur de haut lignage
Vivoit dans un château voisin.
Rose disparut du village ;
  Cruel destin !

Ainsi voyons la fleur jolie,
Et que chacun admiroit tant,
Courber sa tête défleurie
En un instant.

Jamais amour illégitime
Bonheur constant ne moissonna.
Le cruel, heureux par un crime,
L'abandonna.
A ses chagrins Rose succombe,
Amour déçu la fait périr;
Et chaque jour vais voir sa tombe,
Pour y mourir.

— Pauvre Rose! s'écria Alix en essuyant une larme.

— Eh bien, eh bien, dit le ménestrel, je cherche à vous distraire de votre sombre rêverie, et voilà que vous pleurez! Mais consolez-vous, Rose n'a jamais existé que dans l'imagination

du ménestrel. Il n'est pourtant que
trop vrai que plus d'une jeune fille...

— Hélas! dit Alix ; et sans la bonne
duchesse, peut-être...

— Allons, allons, chassez ces idées.
J'ai eu tort de vous chanter une com-
plainte. Je vais maintenant vous chan-
ter quelque chose de plus gai. Voyons!
— Oui, c'est cela, une ballade sur
l'institution de l'ordre de la Jarretière.
Je m'en souviens comme si c'était hier.
J'étois un des ménestrels jouant de la
harpe au bal où la belle comtesse de
Salisbury ayant laissé tomber...

— C'est elle, sur mon âme ! s'écria
un cavalier, armé de toutes pièces,
qui couroit au grand galop à la tête
d'une dixaine d'autres, et qui s'arrêta
aussitôt.

Quelle fut la consternation d'Alix,
quand elle reconnut en lui le comte
de Rutland! Il étoit parti de son château à la pointe du jour pour retourner
à Londres. La route qu'il devoit suivre
coupoit à angle droit celle qui conduisoit à Abing, et un malheureux hasard voulut qu'il arrivât à l'endroit où
les deux chemins se joignoient, préci-
sément à l'instant où Alix et son vieux
conducteur y passoient. Une joie maligne s'empara de son cœur, quand il
vit la proie qui lui étoit échappée lui
retomber entre les mains, et le féroce
jackal se crut assuré de pouvoir conduire au lion sa victime.

— Ah ah! la belle, s'écria-t-il
avec une gaieté farouche, je vous re-
trouve donc! Le ciel est juste, il rend une
prisonnière à celui à qui elle appartient.

Et sur-le-champ il donna ordre qu'on la plaçât sur le cheval d'un des hommes de sa suite, sans faire la moindre attention à ses prières et à ses larmes.

—Comte de Rutland, s'écria le vieux ménestrel, j'ai été chargé par la duchesse d'Hereford de conduire cette jeune fille dans l'abbaye d'Abing. Si vous mettez obstacle à ce que j'exécute ses ordres, croyez que je lui rendrai compte de cette violence, et qu'elle ne restera pas impunie.

— Grand merci de l'avis, bonhomme; de par Dieu, dans la joie qui me transporte, je ne songeois pas à toi. Oui, oui, tu peux tout raconter à la duchesse quand tu la reverras. Il est plus d'un moyen pour forcer un bavard à être discret.

7*

Il fit saisir le ménestrel, le fit pareillement placer devant un de ses cavaliers, et reprit le chemin de son château.

Ce château, situé, comme celui du duc d'Hereford, sur la lisière de la forêt d'Epping, étoit un des mieux fortifiés de toute l'Angleterre. Bien approvisionné, et défendu par une garnison suffisante, il auroit pu braver les efforts d'une armée entière; et il auroit fallu une artillerie plus formidable que celle dont on se servoit alors pour y pratiquer une brèche. Il avoit été construit en 1145, sous le règne du roi Etienne, par un des ancêtres du comte de Rutland; et, comme quelques-uns de nos lecteurs pourroient être curieux de savoir quel plan on suivoit en général pour la construction

de ces châteaux forts, dont toute l'Angleterre étoit hérissée, nous croyons
que les autres nous pardonneront une
courte digression pour donner une
description abrégée de celui dont il
s'agit.

Il étoit construit sur une éminence
qui dominoit tous les environs, et au
pied de laquelle couloit le Roding. Il
étoit de forme octogone, et entouré
d'un fossé de quinze pieds de profon-
deur qui étoit toujours rempli d'eau.
Devant la grande porte étoit un ouvrage
avancé qu'on nommoit *le Barbacan*.
C'étoit un mur très-épais sur lequel
s'élevoient deux fortes tours, et qui sér-
voit à défendre la porte et le pont-levis.
A quatre pieds du bord du fossé étoit
le mur extérieur du château, de dix
pieds d'épaisseur sur trente d'élévation,

et dont le haut étoit garni d'un parapet percé d'embrasures et de créneaux. Huit tours carrées, élevées sur ce mur à chacun des angles, et ayant deux étages, servoient de logement aux officiers de la garnison. A ce mur étoient adossés du côté de l'intérieur des bâtimens servant d'arsenal, de magasins et de casernes, dont le toit, couvert en terrasse, s'éleyoit à la même hauteur que la muraille. C'étoit de là qu'on faisoit pleuvoir sur les assaillans, en cas de siége, des traits, des dards, des flèches et des pierres, quelquefois même de la poix bouillante, et d'autres matières enflammées. La grande entrée située en face du pont-levis, étoit défendue par une porte en bois de chêne fort épais, doublé en fer, et par une herse aussi en fer qui montoit et descendoit par le moyen de poulies. Cette

porte étoit flanquée de deux tours qui
servoient à en défendre l'approche. Un
passage voûté conduisoit ensuite dans
une grande cour qui régnoit tout autour du château, et dans laquelle se
trouvoit une chapelle. Venoient alors
un second fossé, un second mur de
clôture pareillement garni de tours et
de tourelles, formant la seconde ligne
de défense de la grande tour, ou logement du maître, qui occupoit le centre
d'une grande cour. Elle avoit cinq
étages, les murs en étoient d'une épaisseur prodigieuse, et toutes les fenêtres
étoient étroites et garnies de grosses
grilles en fer; tous les appartemens en
étoient sombres et ténébreux. Au rez-
de-chaussée étoit une grande salle où
le seigneur dînoit avec tout ce qui
composoit sa maison, même ses domestiques; une grande table se pro-

longeoit à cet effet d'un bout à l'autre
de l'appartement; la seule distinction,
c'est que le sol, au haut bout, étoit
plus élevé d'un pied que dans le reste
de la salle, et c'étoit là que s'asseyoient
le maître, sa famille, et les convives
de distinction qu'il pouvoit inviter.
Des cachots souterrains qu'on appeloit
donjons servoient à enfermer les prisonniers. Au milieu de la grande tour
étoit un puits dont l'eau ne tarissoit jamais, et qui en fournissoit pour tous
les besoins de la garnison en cas de
siége : le mur qui l'entouroit s'élevoit
jusque sur la plate-forme qui la couvroit, et par le moyen d'une poulie
qui s'y trouvoit, on pouvoit se procurer de l'eau à tous les étages, même
au plus élevé.

Tel étoit le château du comte de

Rutland, et tels étoient à peu près tous les châteaux des barons anglais. Ils n'offroient une habitation ni commode ni agréable. On ne pensoit, en les construisant, qu'à en rendre la défense aisée, et la prise difficile. Les escaliers en étoient roides, étroits et obscurs ; les appartemens destinés à être habités, petits et peu nombreux ; les distributions mal entendues, les dégagemens et les corridors difficiles et sombres. Mais là, le seigneur étoit un monarque ; et encore à cette époque, c'étoit presque toujours un tyran.

Archibald Fraser, gouverneur du château en l'absence de son maître, conçut quelques alarmes quand la sentinelle qui étoit de garde sur la plateforme de la grande tour, lui annonça que le comte et sa petite troupe reve-

noient à toute bride. Fraser avoit entendu parler de la révolte des campagnes de l'autre côté de Londres, et
quoique aucun symptôme d'insurrection ne se fût encore manifesté dans le
comté d'Essex, le retour imprévu de
son maître l'étonnant et l'inquiétant
en même temps, il fit mettre sur-le-
champ toute la garnison sous les armes,
plaça des sentinelles à tous les postes,
et donna ordre qu'on baissât le pont-
levis, qu'on levât la herse, et qu'on
ouvrît toutes les portes, afin que la
rentrée du comte dans son château
n'éprouvât ni délai ni obstacle.

— Fort bien, Fraser, fort bien,
lui dit son maître en arrivant, après
avoir appris de lui le motif de toutes
ces précautions, je suis satisfait de ton
zèle, mais nous n'avons pas d'ennemis

à craindre. Il ne s'agit que de deux prisonniers que je t'amène, et sur lesquels je te recommande de veiller avec soin.

— Comptez sur moi, Milord. Ce vieux jongleur dans un des donjons ; mais quant à cette jolie fille, ajouta-t-il avec un sourire malin, ce n'est sans doute pas pour l'enterrer toute vive que votre seigneurie l'amène dans son château. Lui donnerai-je le logement qu'y occupoit le mois dernier Lucy Atkins ?

— Soit ! mais, Fraser, c'est du fruit défendu, songes-y bien, et surtout ne lui laisse aucun moyen d'évasion. Ma fortune en dépend.

— D'évasion, Milord ! il faudroit

qu'elle eût les ailes d'un oiseau pour
sortir de ce château; encore saurois-
je trouver le moyen de les lui rogner.

Le comte repartit sur-le-champ, après
avoir de nouveau recommandé à Fraser
une surveillance rigoureuse sur les
deux prisonniers.

—Enfermez ce vieux coquin dans le
donjon n° 1, dit Fraser à deux de ses
satellites, après le départ de son maître. Quant à vous, jeune fille, suivez-
moi, je vais vous conduire moi-même
dans votre appartement.

— Ne pourriez-vous me permettre
de rester avec ce vieillard? lui demanda
Alix avec timidité.

— Non, impossiblé. Nous tenons

toujours nos prisonniers séparés, à moins que nous n'en ayons un trop grand nombre. D'ailleurs ce n'est pas dans un donjon que nous plaçons de si jolies prisonnières. Vous allez avoir la plus belle chambre de la tour, après celle de mon maître, et de peur que vous ne vous y ennuyiez, j'aurai soin de venir vous y tenir compagnie toutes les fois que mes devoirs me le permettront.

Tout en parlant ainsi, il la prit par le bras, et l'entraîna toute tremblante dans un appartement situé au premier étage de la tour.

CHAPITRE VIII.

Les assiégeans surpris sont partout renversés,
Cent fois victorieux, et cent fois terrassés :
Pareils à l'Océan, poussé par les orages,
Qui couvre à chaque instant et qui fuit ses rivages.

VOLTAIRE.

LE comte de Rutland, après avoir
quitté son château, côtoya la rive gauche du Roding pendant environ deux
heures sans trouver aucun obstacle ;
mais, comme il vouloit traverser cette
rivière à gué près d'Ilford, il vit de

l'autre côté la plaine couverte d'une foule immense de paysans armés, dont il ne put évaluer le nombre à moins de dix mille hommes. C'étoit la troupe de Jack Straw, qui, ayant parcouru toute la partie méridionale du comté d'Essex, s'avançoit alors vers celle du nord pour entrer ensuite dans le comté d'Hertford, et retourner de là sur Londres, en traversant le Middlesex, où il devoit être joint par les détachemens partis pour les comtés de Bedford et de Buckingham.

Le comte vit sur-le-champ que l'insurrection s'étoit étendue sur la rive gauche de la Tamise, et il hésita un instant sur le parti qu'il devoit prendre. Peut-être les révoltés étoient-ils déjà maîtres de la capitale; en ce cas, ce qu'il avoit de mieux à faire, n'étoit-ce pas de

retourner dans son château, et de s'y
mettre en état de défense? Mais, d'une
autre part, il étoit possible qu'ils n'eussent fait que tourner autour de Londres; et, si cela étoit, ne s'exposoit-il
pas au soupçon de pusillanimité, s'il re-
nonçoit à rentrer dans cette ville ayant
d'en avoir épuisé tous les moyens?
Cette réflexion le décida. Il se rendoit
justice; il savoit qu'il n'avoit d'autre
réputation que celle d'un courage à
toute épreuve, et il ne voulut pas risquer de la perdre. Cependant il ne
pouvoit sans témérité, sans folie, essayer avec dix cavaliers de se frayer
un chemin à travers dix mille furieux.
Renonçant donc à passer le Roding, il
se porta sur la gauche, et entra dans
Rumford.

Il trouva ce bourg presque désert.

Toute la population s'en étoit jointe
aux rebelles, et le même spectacle
s'offrit à lui dans tous les villages et
hameaux qu'il traversa en s'avançant
vers le midi. Il n'y vit que des vieillards, des femmes et des enfans, et
personne ne chercha à mettre obstacle
à sa marche. Il passa le Roding près
de Barking, et, côtoyant ensuite la Tamise, il arriva à Londres, sans aucun
danger. La porte à laquelle il se présenta étoit fermée, mais on la lui ouvrit
dès qu'il se fut fait reconnoître; et
ayant appris que le roi et toute sa cour
s'étoient retirés dans la Tour, il s'em-
pressa de s'y rendre.

Il comptoit y apporter la première
nouvelle de l'insurrection du comté
d'Essex, mais on l'y avoit déjà apprise,
et la consternation y étoit d'autant plus

grande qu'on savoit que le feu de la
rébellion s'étoit pareillement allumé
dans tous les comtés environnans, et
que par conséquent il n'étoit plus possible de gagner le nord de l'Angleterre,
si l'on avoit voulu prendre ce parti,
ce dont pourtant le roi ne vouloit pas
même entendre parler.

L'objet le plus pressant en ce moment pour le comte de Rutland étoit
de rendre compte au duc d'Hereford
de la manière dont il avoit rempli sa
mission. Le duc fut un peu déconcerté
en apprenant le retour inattendu de
son épouse. Il la connoissoit assez pour
savoir qu'elle ne se méprendroit pas
sur le motif qui l'avoit porté à envoyer
dans son château une jeune et jolie
prisonnière ; mais après tout, elle ne
pouvoit avoir que des soupçons, et

combien de fois n'avoit-elle pas déjà
eu plus que des soupçons! D'ailleurs,
grâce à la précaution qu'avoit eue le
comte de s'emparer de la personne
du vieux ménestrel, la duchesse ne
pourroit jamais savoir ni ce qu'étoit
devenue Alix, ni que le comte de Rutland l'avoit enlevée de nouveau; et il
se proposoit bien de laisser le pauvre
vieillard finir ses jours dans le donjon
où on l'avoit jeté. Il se consola donc
aisément du contre-temps qu'il avoit
éprouvé, et se promit bien d'aller visi-
ter sa prisonnière dès que ce moment
de trouble seroit passé, et de l'instal-
ler ensuite dans sa maison de Chelsea,
où bien des sultanes avoient déjà régné
successivement.

Le comte de Rutland lui demanda
alors des détails sur tout ce qui s'étoit

passé depuis qu'il l'avoit quitté. Ils eurent à ce sujet une conversation fort longue; mais, au lieu de la rapporter textuellement, nous allons présenter à nos lecteurs un précis des événemens qui avoient eu lieu depuis la bataille de Blackheath.

Nous avons vu que, le 10 juin dans la soirée, Wat-Tyler, maître de Southwark, avoit accordé la vie à un gentilhomme de la chambre du roi, à condition qu'il porteroit un message à ce prince pour l'inviter à avoir le lendemain une conférence avec lui avant midi, s'il ne vouloit voir attaquer la capitale. Cette mission avoit été remplie, et celui qui en étoit chargé avoit eu une si grande peur, qu'il fit un tableau effrayant des forces des rebelles, des dévastations qu'ils commettoient, ét de ce qu'on avoit à en craindre, si l'on ne trouvoit le moyen de les apaiser.

Toutes communications entre Londres et Southwark étant interrompues, on n'avoit pas encore eu de relation si détaillée sur les excès que les rebelles avoient commis dans ce bourg ; et ce récit fit frémir le conseil d'administration, et tous ceux qui, sans en faire partie, avoient été appelés à la délibération.

— Il faut ouvrir l'arsenal, s'écria Walworth, appeler tous les citoyens de Londres à la défense de leur patrie, leur distribuer des armes, et attaquer subitement les rebelles, le roi étant à la tête de ses fidèles serviteurs.

— Le succès de cette attaque seroit

incertain, dit Richard, et dans tous les
cas elle feroit couler des flots de sang.
Je dois être avare de celui de mes
fidèles sujets, et même de ceux qui se
sont laissé égarer. Je veux me rendre
à la conférence qui m'est proposée.

— Le conseil ne peut adopter aucun
de ces deux avis, s'écria l'archevêque
de Cantorbéry ; la personne du roi est
trop précieuse pour qu'il permette
qu'elle soit exposée à des dangers si
imminens. La Tour est imprenable :
pourquoi ne pas y rester jusqu'à ce qu'il
nous arrive des secours du nord, ce
qui ne peut tarder quand la nouvelle
de l'insurrection y sera parvenue ?

» — Et voir tranquillement, du haut
de nos remparts, des scélérats piller,
saccager, brûler la ville de Londres !
dit Walworth.

— J'armerois plutôt tous les moines de la ville, ajouta le belliqueux évêque de Norwich, et je marcherois à leur tête contre ces misérables.

— La ville de Londres est entourée de bonnes murailles, dit le duc d'Hereford; l'entrée en est défendue par d'excellentes portes; les citoyens en sont animés du meilleur esprit, et je doute fort que les révoltés réussissent à y entrer.

— Si la ville est bien en sûreté, dit le roi, pourquoi m'a-t-on donné le conseil de me renfermer dans la Tour? Au surplus, toute discussion à ce sujet est inutile; ma résolution est prise, j'accorde le rendez-vous qui m'est demandé; je veux voir ce Wat-Tyler, et entendre moi-même les propositions qu'il a à me faire.

— Mais songez, Sire, dit l'archevêque de Cantorbéry, que les révoltés ....

— J'ai songé à tout, et je ne veux entendre aucune objection. Walworth et l'évêque de Norwich m'accompagneront.

— Tout votre conseil d'administration suivra donc votre Majesté, Sire. Il est de son devoir de veiller sur votre auguste personne, et je me trouve forcé de vous rappeler qu'attendu votre minorité, lui seul aura le droit de donner tels ordres que pourra rendre nécessaires le soin de votre sûreté.

On chargea le gentilhomme de la chambre qui avoit apporté ce message de retourner près de Wat-Tyler, et

de l'informer que le roi se rendroit
par eau à Southwark le lendemain à
midi, et consentoit à avoir avec lui une
conférence sur la rive droite de la Tamise. Il se seroit volontiers dispensé
de cette mission, ce qu'il avoit vu des
rebelles ne lui faisant pas désirer de se
trouver de nouveau en contact avec
eux; mais n'osant s'y refuser, il partit
à la pointe du jour, alla trouver Wat-
Tyler, et se trouva fort soulagé quand,
après s'être acquitté de sa commission,
le chef des rebelles lui dit qu'il pouvoit
retourner à Londres et assurer le roi
qu'il seroit reçu avec tout le respect
qui lui étoit dû.

C'étoit peut-être promettre plus que
le chef d'une populace furieuse et in-
disciplinée ne pouvoit être sûr de
tenir. Quelques auteurs prétendent

même que Wat-Tyler avoit dessein
de s'emparer de la personne du roi,
de couvrir de son autorité tous les
excès qu'il se proposoit de commettre,
et de proclamer en son nom la proscription générale des nobles et du haut
clergé, et le partage égal des biens
entre tous les citoyens.

Quoi qu'il en soit, à deux heures du
matin, le roi sortit de la Tour par la
porte qui donnoit sur la Tamise, et
monta sur sa barge de parade, richement ornée, sans autre suite que son
conseil d'administration, l'archevêque
de Cantorbéry, le lord-maire de Londres et l'évêque de Norwich. Il étoit
précédé par une seule barque sur laquelle des musiciens faisoient entendre
des airs militaires, et ce petit cortége
suivit paisiblement la Tamise jusqu'à

Redriff, qui étoit à peu de distance de
Southwark.

Cependant la nouvelle que le roi
devoit avoir à midi une conférence
avec Wat - Tyler s'étoit répandue
dans tout le camp des rebelles; une
foule immense couvrit toute la rive
droite de la Tamise depuis Redriff
jusqu'à Southwark. Il y régnoit tout le
tumulte auquel on doit s'attendre dans
un rassemblement de douze à quinze
mille hommes altérés de vengeance,
enivrés par les succès qu'ils avoient
déjà obtenus, armés pour la défense de
ce qu'ils regardoient comme leurs droits
légitimes, et triomphant d'une joie
maligne en voyant leur souverain forcé
de venir en personne traiter de la paix
avec leur chef. Peut-être leurs acclamations étoient-elles principalement

8*

occasionées par l'espoir qu'ils pouvoient concevoir d'arriver si promple-
ment au but auquel ils avoient désiré
parvenir en prenant les armes.

Quoi qu'il en soit, leurs cris por-
tèrent la terreur dans l'âme de l'archevêque de Cantorbéry. Il n'eut pas de
peine à la faire partager au conseil
d'administration, qui commanda aux
matelots de retourner vers la Tour. Ce
fut en vain que Walworth supplia,
que l'évêque de Norwich jura, que le
roi ordonna: tout fut inutile. Les matelots savoient qu'il leur en coûteroit
la tête s'ils désobéissoient aux ordres
du conseil. Ils virèrent de bord sur-le-
champ; la barge se rapprocha de la
rive gauche, et elle ne tarda pas à arriver à la Tour.

Dès qu'on vit cette manœuvre sur la

rive droite, on n'y entendit plus que
des cris de rage et de fureur. On courut
annoncer cette nouvelle à Wat-Tyler,
qui étoit déjà sur le bord de la Tamise
à Southwark avec ses principaux chefs,
attendant l'arrivée du roi. — Eh bien !
s'écria-t-il, puisque Richard ne veut
pas la paix, il aura la guerre. Et il
donna ordre qu'on commençât sur-le-
champ l'attaque de Londres.

Cet ordre étoit plus facile à donner
qu'à exécuter. Cette ville étant située
sur la rive gauche de la Tamise, on ne
pouvoit l'attaquer sans effectuer d'a-
bord le passage de ce fleuve ; et, d'après
la précaution qu'on avoit eue de ne pas
laisser une seule barque sur la rive
droite, les révoltés n'en avoient aucune
à leur disposition. Il n'existoit alors
d'autre pont que celui de Londres, et

Wat-Tyler, dans la soif de vengeance qui le dévoroit, donna ordre d'y marcher. Mais il trouva dans cette entreprise plus d'obstacles qu'il ne se l'étoit imaginé. Le pont étoit fermé par une porte en fer très-solide, et en cet endroit la multitude des assaillans ne leur donnoit aucun avantage, la largeur du pont étant le seul terrain qu'ils pussent occuper. Ceux qui défendoient la porte ne pouvoient à la vérité être en plus grand nombre, mais ils étoient mieux armés, plus habiles, plus expérimentés, et il en résulta qu'ils souffrirent très-peu, et que les rebelles au contraire éprouvèrent une perte considérable. Ils finirent par se retirer en faisant retentir l'air de hurlemens épouvantables.

Telle étoit la situation des choses, quand le comte de Rutland entra dans la

Tour de Londres. Les rebelles avoient renoncé à l'attaque du pont, mais ils restoient campés en face, et l'on se tenoit disposé à leur résister s'ils osoient la renouveler.

C'étoit bien l'intention de Wat-Tyler, mais il voulut forcer les habitans de Londres à diviser leurs forces. Dans ce dessein, il donna ordre à une partie de son armée de se mettre en marche à la pointe du jour, sous les ordres d'Hob-Carter, de remonter la Tamise jusqu'à ce qu'on trouvât des barques ou un pont pour la traverser, et de venir attaquer Londres à Temple-Bar, qui en formoit la porte occidentale.

Les deux partis passèrent la journée suivante à s'observer, mais les rebelles continuèrent leurs dévastations à Southwark et dans les environs.

CHAPITRE IX.

« Il fouloit à ses pieds les passions humaines :
Tranquille il attendoit qu'au gré de ses souhaits
La mort vînt à son Dieu le rejoindre à jamais. »

VOLTAIRE.

Le comte de Rutland étoit d'une des plus nobles familles d'Angleterre, mais son père avoit dissipé toute sa fortune, et ne lui avoit guère laissé que le château fort dont nous avons

donné la description dans un des
chapitres précédens, et un petit do-
maine qui y étoit attaché. Le foible
revenu qu'il en tiroit ne lui auroit pas
permis de vivre à la cour d'une manière convenable à sa naissance, s'il
n'avoit eu d'autres ressources. S'étant
avili au point de devenir en quelque
sorte le Mercure du duc d'Hereford,
il trouvoit le moyen de pourvoir à ses
plaisirs en même temps qu'à ceux de
ce jeune seigneur, mais il tiroit d'une
source moins impure les sommes qui
lui étoient nécessaires pour soutenir
son rang.

Son oncle paternel, l'archevêque
d'York, étoit un vieillard respectable
à qui l'on ne pouvoit reprocher d'autre
foiblesse, si c'en est une, que l'orgueil
de famille. Voyant dans son neveu

l'unique représentant, le seul espoir
d'une illustre maison, il vouloit qu'il
brillât à la cour comme tous ses ancêtres y avoient brillé avant lui; et, comme
il joignoit aux revenus de son archevê-
ché un patrimoine considérable, il lui
prodiguoit, avec une libéralité qu'on auroit pu accuser d'être excessive, toutes
les sommes nécessaires pour qu'il se
maintînt au niveau des plus riches seigneurs d'Angleterre. Aussi n'en étoit-
il aucun qui eût un plus nombreux
domestique, de plus beaux chevaux,
des armes plus brillantes, des bijoux
plus précieux, des vêtemens plus ma-
gnifiques, que le comte de Rutland.

Les pauvres du diocèse d'York ne
souffroient pas de cette générosité. Le
digne archevêque avoit toujours les
yeux ouverts sur leurs besoins, et sa

main étoit toujours prête à s'ouvrir
pour les soulager : aussi étoit-il uni-
versellement adoré pour sa bienfai-
sance, autant qu'il attiroit le respect
par toutes ses autres vertus. Comment
trouvoit-il le moyen de satisfaire en
même temps cet esprit de charité
chrétienne, et ce sentiment secret
d'orgueil qui lui faisoit désirer de
voir son neveu figurer au premier rang
des seigneurs formant la cour de son
souverain? C'étoit par une stricte éco-
nomie dans ses propres dépenses. Il
vivoit sans luxe et sans faste, et disoit
qu'un ministre de l'évangile devoit
être le premier à donner l'exemple de
l'humilité chrétienne. Il faisoit pourtant presque tous les ans un voyage à
la cour, mais sans suite, sans cortége,
uniquement entouré de ses vertus; et
après avoir payé à son souverain le

tribut de respect qu'il croyoit lui devoir, il retournoit dans son diocèse
pour reprendre le cours de ses travaux
apostoliques.

Dans ses voyages, soit en allant à
Londres soit en en revenant, il s'arran-
geoit toujours pour faire une halte au
château de son neveu. Quand il l'y
trouvoit, il y passoit quelques jours
avec lui; quand le comte n'y étoit
point, il ne faisoit que s'y arrêter le
temps nécessaire pour y prendre du
repos ou des rafraîchissemens.

Rutland avoit réussi à dérober à
l'archevêque la connoissance de ses
dérèglemens et de ses vices. Son incon-
duite étoit pourtant trop notoire pour
que le digne prélat n'eût jamais eu les
oreilles frappées de quelques traits qui

ne déposoient pas en faveur de son
neveu, mais il les attribuoit à l'effer-
vescence de la jeunesse et non à la
corruption du cœur ; et toutes les fois
qu'il le voyoit, il ne cessoit de l'exhor-
ter à ne pas se rendre esclave de ses
passions, et à chercher à en triompher.
Le comte rioit tout bas de ce qu'il
appeloit les ridicules sermons du vieil
oncle, mais il les écoutoit avec un air
de soumission, et lui faisoit les plus
belles promesses sans avoir intention
d'en tenir aucune.

Nous n'avons pas besoin de dire que
l'amitié de ce vieil oncle étoit trop précieuse pour son neveu, pour que celui-
ci ne s'empressât pas de lui faire l'ac-
cueil le plus distingué toutes les fois
qu'il venoit dans son château. Il avoit
même donné les ordres les plus sévères

au gouverneur qui le représentoit, et à
tous ses gens, de le traiter avec autant de respect que lui-même quand il
y venoit pendant son absence ; aussi
le moindre signe du prélat étoit un
ordre auquel tout s'empressoit d'obéir;
à peine avoit-il le temps d'énoncer un
désir qu'il étoit déjà satisfait.

Il n'y avoit guère que deux heures
que le comte de Rutland étoit parti de
son château, quand l'archevêque, qui
ne se faisoit jamais annoncer d'avance,
y arriva. Il étoit monté sur une haquenée, vêtu très-simplement, sans autres
marques de sa dignité qu'une croix
d'or suspendue sur sa poitrine, et sans
autre cortége que deux archidiacres
montés sur des mules, et deux domestiques menant en lesse deux chevaux
qui portoient les bagages.

Archibald Fraser alla le recevoir jusque dans la cour, l'aida à mettre pied à terre, tandis que des officiers d'un rang subalterne rendoient le même service aux deux archidiacres, et même aux domestiques. L'arrivée du souverain dans le château du comte n'y auroit pas occasioné plus de mouvement. Depuis le dernier palefrenier jusqu'au gouverneur, chacun alloit, venoit, couroit, et sembloit craindre de ne pas montrer encore assez d'empressement. On s'empara de tous les chevaux pour les conduire à l'écurie, on emmena les domestiques à l'office, et Fraser introduisit respectueusement le prélat et les archidiacres dans la grande salle de la tour centrale.

— Ainsi donc, Fraser, dit l'archevêque, mon neveu est absent.

— Il y a deux heures qu'il est parti, Milord ; mais si votre grandeur le désire, je vais envoyer un homme à franc étrier pour le prévenir de votre arrivée. Je crois même que mon devoir l'exige, car mon maître ne me pardonneroit pas de.....

— Non, non, Fraser. Mon neveu n'est-il pas allé à Londres ?

— Oui, Milord.

— Eh bien, je l'y rejoindrai ce soir. Mais j'ai entendu dire à quelques milles d'ici qu'il y a du bruit dans les environs de la capitale : savez-vous ce qui s'y passe ?

— Oh ! ce n'est rien, Milord, absolument rien. Quelques vilains du comté de Kent qui se sont révoltés. On les a sans doute déjà mis à la raison.

— On les méprise trop, dit l'archevêque en secouant la tête ; et on ne leur rend pas assez de justice. On oublie qu'ils sont hommes comme nous, et qu'un Dieu s'est offert en sacrifice pour eux comme pour nous. L'animal qu'on charge au-dessus de ses forces commence à regimber, et finit par secouer son fardeau. Mais pouvez-vous nous faire servir quelques rafraîchissemens ? Il est plus que temps de dîner, car j'ai entendu sonner onze heures à l'horloge du château en y entrant, et je veux partir assez tôt pour arriver de jour à Londres.

Fraser avoit donné ses ordres dès

l'instant où il avoit appris l'arrivée du
prélat, et en moins d'une heure on
lui servit un repas somptueux. Il se
mit à table avec ses deux archidiacres.
Fraser se tint respectueusement debout
derrière lui, et une douzaine de
domestiques n'étoient occupés qu'à
prévenir tous les besoins des trois
convives.

— Mais à propos, Fraser, dit l'archevêque, pourquoi ne vois-je pas
Allan? Il étoit toujours ici avec sa
harpe pendant le temps du dîner, et
j'avois plaisir à l'entendre.

— Hélas! Milord, Allan n'étoit
plus jeune, et il y a trois mois qu'il a
payé le tribut à la nature.

— J'en suis fâché : ce n'étoit pas un

de ces jongleurs vagabonds comme on
en voit tant ; c'étoit un vrai ménestrel,
connoissant bien la gaie science , et
sachant des ballades sur les plus beaux
événemens de notre histoire. C'est un
avertissement pour moi. - J'étois son
aîné de trois ans ; je ne dois pas tarder
à le suivre.

— Écartez ces idées , Milord ; votre
santé . . . .

— Elle est bonne , Fraser ; je puis
espérer encore quelques années, et
Dieu ne me défend pas cette espérance ;
mais s'il lui plaît de m'appeler à lui aujourd'hui, je suis prêt, parce que je
compte sur sa miséricorde plus que sur
mes œuvres. Mais qu'est-ce que j'entends, Fraser ? Je ne me trompe pas ;
on accorde une harpe.

C'étoit le vieux compagnon d'Alix qui, dans le donjon où il étoit enfermé, cherchoit à charmer ses ennuis en chantant un lai. Le soupirail de son cachot étoit situé sous la fenêtre de la grande salle, qui étoit restée ouverte à cause de la chaleur, de sorte que les sons parvinrent aisément jusqu'aux oreilles de l'archevêque.

— Milord, dit Fraser, c'est.... c'est sans doute un vieux ménestrel qui . . . qui se trouve au château par hasard.

—Faites-le venir, je serai charmé de l'entendre.

— Je crains, Milord, que... que ce vieillard, affoibli par l'âge, ne soit pas digne de... de l'attention que vous paroissez disposé à lui donner.

— Vous vous trompez, Fraser, les

accens que j'entends n'annoncent pas
un novice. N'importe au surplus, je
veux l'entendre de plus près, qu'on
le fasse venir.

Il n'y avoit plus à répliquer. Fraser
sortit, et descendit dans le cachot du
ménestrel.

— Tu es bien audacieux, lui dit-il,
de troubler le repos du château en
nous rompant les oreilles de ton mau-
dit instrument.

— Et depuis quand est-il défendu à
un prisonnier d'adoucir les ennuis de
sa captivité? Vous pouviez me priver
de ma harpe comme de ma liberté; me
la laisser c'étoit me permettre de m'en
servir.

— Tu raisonnes, je crois! Allons,
tais-toi, et suis-moi.

— Quoi ! vais-je sortir de prison ?

— Oui, pour quelques instans. Tu vas venir chanter quelques lais dans la grande salle du château.

— Moi ! je briserai les cordes de ma harpe avant d'en tirer un seul son pour plaire à ceux qui me retiennent injustement captif. Ma langue s'attachera à mon palais, plutôt. . .

— Tu ne sais ce que tu dis : le maître du château est absent. C'est un étranger, un voyageur qui désire t'entendre, un homme généreux qui te récompensera bien, l'archevêque d'York, en un mot.

— L'archevêque d'York ! s'écria le ménestrel, je ne l'ai jamais vu, mais qui ne connoît le respectable archevêque d'York ! Oui., oui, je vous suivrai ; je retrouverai tout le feu de ma jeunesse pour tirer de ma harpe des sons tels qu'elle n'en a jamais produit. Oui, je lui chanterai une ballade, une ballade qui lui plâira, qui lui touchera le cœur; marchons, marchons.

— Pas si vite, bonhomme, pas si vite ; l'escalier est obscur, tu te rompras le cou.

— L'archevêque d'York ! répéta encore le ménestrel.

En entrant dans la grande salle, le vieillard salua d'abord le prélat, et ensuite les deux archidiacres, d'un air qui annonçoit un homme habitué à paroître devant les grands. Restant ensuite de-

bout en silence, il attendit respectueusement qu'on lui ordonnât de com-
mencer.

— Bon ménestrel, dit l'archevêque,
je vous ai entendu accorder votre
harpe d'une manière qui m'a fait désirer d'avoir un échantillon de vos talens.
Aurez-vous la complaisance de me
chanter un lai ou une ballade, ce qu'il
vous plaira?

— Je ne l'aurai jamais fait avec plus
de plaisir, Milord ; mais j'espère que
votre grandeur voudra bien pardonner
quelque chose à l'âge.

Et après un court prélude sur sa
harpe, il chanta sur un air plaintif la
ballade suivante, en s'accompagnant
de son instrument.

Jeune tourterelle
Sortoit de son nid ,
Quand sous sa serre cruelle
Barbare autour la saisit.
Point ne peut fuir la pauvrette ;
Son sang va teindre l'herbette.
 De ce danger-là
 Qui la sauvera ?

Pauvre brebiette
 Paissoit près d'un bois ,
Quand méchant loup qui la guette
La surpreud en tapinois.
Vieux berger, pour la défendre ,
En vain ses cris fait entendre.
 De ce danger-là
 Qui la sauvera ?

Timide innocence
 A gentil minois
Succombe sous la puissance
De chevalier discourtois.

Son vieux ménestrel fidèle
Gémit en prison comme elle.
De ce danger-là
Qui les sauvera?

Jeune tourterelle,
Plaintive brebis,
Ménestrel vieux et fidèle,
Pauvre fille qui gémis,
Ne perdez pas espérance,
Dieu veille sur l'innocence.
De ce danger-là
Il vous sauvera.

En chantant ce dernier couplet, la voix du ménestrel prit une force qu'on ne devoit pas attendre de son âge, son teint s'anima, et les cordes de sa harpe rendirent des sons plus harmonieux que jamais. Se jetant alors à genoux, et levant les yeux au ciel, il chanta, sur l'air des quatre derniers vers:

Oh! grand Dieu, sur l'innocence
Jette un regard de clémence!
Dans un tel danger
Viens la protéger!.

—Vieillard, dit l'archevêque d'un air surpris en se levant de table, jamais ménestrel ne m'a fait entendre un pareil lai. Que signifie cette attitude? pourquoi cette invocation?

—N'est-ce pas au ciel, Milord, que doit s'adresser, pour obtenir la fin de ses souffrances, un malheureux prisonnier?

—Prisonnier! Quoi, Fraser, ce vieillard est-il prisonnier en ce château?

—Oui, Milord.

—Et quelle en est la cause?

9*

— Je l'ignore, Milord.

— Et vous, vieillard, parlez; apprenez-moi en quoi vous avez pu offenser mon neveu? Quelle raison peut-il avoir pour retenir captif un vieux ménestrel?

— Il n'a rien à me reprocher, Milord; et jamais je ne l'ai offensé.

— Cela est bien étonnant! Vieillard, vous allez me suivre à Londres, et vous vous expliquerez devant mon neveu.

— Je vous remercie, Milord; mais l'innocente tourterelle, la malheureuse brebis, la pauvre jeune fille. . . .

— Ah! je commence à comprendre... Et le chevalier discourtois . . . Si je le croyois! Vous n'êtes donc pas seul prisonnier ici?

—Non, Milord; une jeune villageoise, aussi vertueuse que belle, y a été amenée avec moi, tandis que je la conduisois à l'abbaye d'Abing, par ordre de la duchesse d'Hereford.

— De la duchesse d'Hereford! de la respectable fille du duc de Northumberland! et c'est une de ses protégées qu'on retient captive en ce château! Fraser, amenez-moi votre prisonnière.

— Pardon, Milord; mais je supplie votre grandeur de considérer que mon maître m'a défendu . . . .

— Amenez-la-moi à l'instant. Si j'ai le droit de commander quelque part, c'est en ce château. Obéissez, je l'ordonne.

Fraser ne répliqua plus, et alla chercher sa prisonnière.

Elle étoit plongée dans les larmes et
dans la douleur, quand son geôlier
vint lui ordonner de le suivre, et ses
craintes redoublèrent en apprenant
qu'elle alloit paroître devant l'archevêque d'York. Ses préjugés, qui avoient
repris une partie de leur force depuis
que le comte de Rutland s'étoit emparé d'elle par violence, lui peignoient
tous les grands comme autant d'oppresseurs. Quel fut son étonnement de trouver un vieillard vénérable qui, du ton le
plus encourageant, lui demanda par quel
hasard elle se trouvoit détenue dans ce
château, et dont l'air de bonté, dissi-
pant peu à peu ses inquiétudes, lui ins-
pira assez de courage pour lui conter tout
ce qui lui étoit arrivé depuis deux jours?

— C'en est assez, ma fille, lui dit
l'archevêque, votre noble protectrice
désiroit vous confier aux soins de l'abbesse d'Abing; je vais moi-même vous
remettre entre ses mains. Je n'arriverai
que demain à Londres, mais qu'importe? Le ciel m'a conduit ici pour
vous sauver, et je ne dois pas laisser
cette œuvre imparfaite. Bon vieillard,
retournez chez votre illustre maîtresse,
et dites-lui que l'archevêque d'York
veille sur sa protégée. Fraser, faites
seller une haquenée pour cette jeune
fille.

Milord . . . . mon maître . . . .

— Osez-vous me répliquer? Obéissez !

Quelques minutes suffirent pour les
préparatifs du départ, et le prélat se

mit en route avec son petit cortége
pour l'abbaye d'Abing.

— Eh bien, dit le vieux ménestrel
à Alix en lui faisant ses adieux, vous
voyez que les grands et les riches ne
sont pas tous les ennemis des petits et
des pauvres.

Alix ne put lui répondre qu'en levant au ciel ses yeux baignés de larmes,
et ils se séparè

FIN DU PREMIER VOLUME.

www.ingramcontent.com/pod-product-compliance
Lightning Source LLC
Chambersburg PA
CBHW050353030726
47503CB00006B/1835